【日】田岛伸二 ｜ 著

高迪的海洋

【日】田岛和子 ｜ 绘

常晓宏 ｜ 译

山东教育出版社

另一种童话

曹文轩

　　今年一月，我在日本东京的一家小酒馆见了田岛伸二先生。时间虽然不长，但通过交谈，再通过他的举止和神态，我已清晰地感觉到，他是一个朴素、真诚、厚道而又认真的人。分手后，我就在想：这样一个实实在在的人，他写出的童话作品会是一番什么样的风景呢？回到北京后不久，就收到了山东教育出版社将要出版的他的三本童话作品。因为总是想着他这个人，就于当天开始翻看他的文字，想做一个人与文之对比和验证。而他的文字与他这个人留给我的印象，却有很大的不同。朴素、真诚、厚道、认真等，依然闪现在字里行间，又让我不免有点惊讶地感觉到了他的另外一些品质和情操：富有激情、情怀浪漫、悲天悯人、诗意浓浓、多愁善感。他还是一个哲人。

　　说到童话，我们通常都会往小里想：小蝌蚪、小兔子、小熊、小鸭子、小猫、小狗、小老鼠、小锡人、小豌豆、小女孩。童话的世界往往都是一个个微型世界。在这样一个世界里，童话展开它的想象与叙述。也许这是顺从一个孩子的心理吧，孩子喜欢去那些空间较小的地方。我们可以从日常生活中看到他们乐于光顾的地方，差不多都有空间狭小的特征：小房子、小船……那时，他们将自己想象成国王，而他的国度却只有巴掌大小。殊不知，一个真正的国王会有辽阔的疆土。卡尔维诺曾写过一篇成人童话（我常常将他的小说看成是为成人写的童话），那里面的国王根本就不知道他究竟拥有多少座城池，因为城池太多，所以每次统计的数字都不一致，这使他非常恼火。写给儿童的童话——哪怕是拥有一个星球的小王子，他的所谓星球其实不过就是一片弹丸之地。而当我开始阅读田岛伸二先生的童话时，我对童话的恒定不变的印象瓦解了。他的童话既往小里写，更往大里写，他将童话一下子带进了从前的童话一般不涉足的巨大空间，直至宇宙空间。他也写小狐狸，但似乎更爱写恐龙、大海龟这些巨大动物。无边的海洋、苍茫的天穹、遥远的其他星球，田岛伸二先生的童话世界是无边无际的。他用他的文字，无限制地拓宽了童话世界。他想象力的抛物线是宇宙的距离。他不想停留在小小的也许温馨的一隅，总有上路的欲望，并且是去只有童话世界中的主人公才可能随心所欲地到达的极远世界。那朵白云也许是田岛伸二先生心中最优美的形象。这朵富有象征性的云朵，代表着他的思绪、他的欲望、他的胸

2

怀、他的哲学和美学。飞扬，飘荡，俯视，鸟瞰，他在如此状态中享受了莫大的快意。"云游四海"，他的童话合上了中国这句含有不愿恪守、不愿拘于咫尺之地、只望流浪天下之意的成语。他根本上是个诗人——童话作家最不能缺少的就是诗性，他的诗是写在蓝色的海洋与蓝色的天幕上的，是写在我们还很难确定为何种颜色的外星球上的。

田岛伸二先生的这些视野开阔的童话，构成了童话世界一道新的风景线。

传统童话的主题有一完备的系统。在这一系统之下，童话在不同国家被书写着。真善美与假丑恶的对峙，是童话的基本模式，无论是北欧的童话还是西欧的东欧的美国的中国的日本的童话，差不多都是在这一模式中写就的。传统童话的写作似乎在笃定地说：童话有这些主题就足够了，是不必再有所突破的，也是无法突破的，可以将这些主题一直写下去——它们是永恒的主题。田岛伸二先生的童话固然没有丢弃这些经典性主题，但他没有满足于对这些主题的书写。我们在他的童话中看到了新的主题。这些主题涉及了自然生态、全人类的生存状态、时间与空间等。他用童话思考着以前的童话很少思考的一系列重大的命题。我们在面对他的文字时，会看到一个哲人的身影。他对这个世界的存在，进行着一种哲理性的思考。人类将如何生存？什么样的宇宙才是一个理想的宇宙？生命的最终含义是什么？自然规定的角色是否可以背弃？在这个世界上，事物是否都是千篇一律的，是否"既有明亮的一面，也有黑暗的一面"……他的童话甚至涉及神灵、天堂与地狱、轮回、宗教、偶然性与必然性、语言与存在的关系、因果律等一系列哲学范畴的话题。田岛伸二先生将童话从以前那个司空见惯的主题领域带到了一个崭新的主题领域。这个领域的主题与传统主题领域的主题相比，更具有形而上的色彩，也更具现代性。这是他对童话的特殊贡献。

田岛伸二先生的童话为什么会是这样一种精神广博的童话，可能牵涉他的文化血脉、知识系统等若干复杂因素，其中与他的工作经历也许也有点关系吧。希望在研究他的童话时，不要忽略他曾经的工作经历：他曾在联合国教科文组织亚洲文化中心工作。也许这份工作在一定程度上决定了他思考问题的广度和深度，决定了他的视野。因这份工作，他眼中心中看到的和想到的，自然会放到"人类""全球"之范畴中。

田岛伸二先生的童话还给我留下另一个深刻的印象——"狠劲"。

说到童话，我们更多地想到的是一个温馨的世界。这里，有田园牧歌式的场景，有温情脉脉的情感故事，这里通常不会有激烈的冲突，没有太残酷的事情发生，即使牵扯到变形、毁灭这样极端的事件，那也是以童话的方式处理的。我们并没有因王子变成了青蛙、公主变成了似乎永远也无法醒来的人，或一个善良的人变成了僵硬的石头，而过于伤心和悲痛。我们常将那些美好的事情形容成"童话一般的世界"。田岛伸二先生的童话似乎摆脱了这样的路数。他在充分考虑到这些文字的接受对象为儿童之后，在不可突破他们的心理承受能力的前提之下，采取了与以往的童话大有区别的做法：敢于面对严酷的世界。高迪的海洋是一个充满危机的海洋，白云的视野里有诸多丑恶的事实，而《狐狸阿吉》中的故事几近残忍了。在读这样一篇有着深刻寓意的童话时，我脑海里一直盘旋着这样一个问题：田岛伸二先生为什么敢于这样写？是他所接受的文化中有这样一种敢于面对残酷的精神吗？是他认定了"面对这个世界的残酷我们不能选择回避"之道理吗？也许残酷了一点，但它所产生的冲击力也许更加巨大，它所产生的效应也无疑是积极的、正面的。

关于田岛伸二先生的童话，还有许多话题可说，比如画面感，比如结构方式等。

他的意义在于向我们提供了又一种童话，他的创作实践使童话创作变得更加丰富和立体。

2019年3月25日于北京大学

田岛伸二的童话世界

常晓宏

　　田岛伸二生于1947年，广岛人，毕业于早稻田大学。他拥有很多头衔，比如作家、识字启蒙教育专家、国际识字文化中心（ICLC）发起人等。然而，在广大读者心目中，田岛伸二先生首先是位童话作家。

　　作为童话作家的田岛伸二，出版了《高迪的海洋》《惊奇星球的传说》《白云奇谭》《沉默的珊瑚礁》《狐狸阿吉》《沙漠里的恐龙》《沙漠里的太阳》《大雪山》等一系列童话作品。其中，《高迪的海洋》《狐狸阿吉》《白云奇谭》等主要作品被翻译成英语、韩语、泰语、印尼语、马来语、越南语、老挝语、缅甸语、孟加拉语、乌尔都语、僧伽罗语等27种文字出版。《高迪的海洋》《沙漠里的恐龙》《大雪山》也以绘本形式在许多国家出版发行，多次获奖，广受好评。

　　说起来自国外的童话，我想，对于我们大多数读者来说，一般都会联想到《安徒生童话》《格林童话》《一千零一夜》等名著中的故事。当然，日本的童话故事，我们也并不感到陌生。比如，在我国，宫泽贤治的童话，不但小朋友喜欢，就连成年人也都非常喜欢。他的经典童话《银河铁道之夜》，在中、日、美三国的共同努力下，还改编成了动画电影，给孩子们带来了无穷乐趣。

除了宫泽贤治以外，日本近现代有代表性的儿童文学作家，还有秋田雨雀、芥川龙之介、岩谷小波、小川未明、铃木三重吉、新美南吉、山村暮鸟、山本有三等人。虽然国内读者对田岛伸二先生的名字并不是那么熟悉，但是，在日本当代童话作家中，田岛伸二创作的童话具有鲜明的个人特点，独树一帜，可以说开辟了日本童话创作的一片新天地。

"啊——啊——"，一翻开《高迪的海洋》，我们首先听到的就是大海龟高迪的呻吟声。主人公高迪是一只大海龟，它在水族馆里足足生活了30年，早已厌倦了那里的生活。高迪的梦想就是想尽快逃离水族馆，回到真正的大自然中去。因为，大海才是它真正的故乡。高迪在鱼儿伙伴的帮助下，费尽周折，终于逃回了大海。然而，高迪面前的大海，已经不是它记忆中的大海了。海面上到处漂浮着油污，海洋里的生物也由于核试验而发生了变异。面对这样那样的困境，大海龟高迪就像海明威笔下《老人与海》中的老渔夫一样，与人类破坏大自然的行为展开了殊死搏斗。

《惊奇星球的传说》把我们带到了遥远的河外星系，那里有一颗叫作"惊奇星球"的小行星。那是一个纯净美丽的世界，人们的生活很简单，他们认为人生中最重要的事情就是享受惊奇带来的激动。然而，在一支来自地球的火箭造访惊奇星球后，惊奇星球上的生活遭到了彻底破坏。因为来自地球的"礼物"里充满了核废料，惊奇星球上的人们只能选择离开，去寻找另一片净土。

《白云奇谭》是一部借白云之口而抒发作者所思所想的随笔集，其中的素材大多来自作者在印度、巴基斯坦等国家的亲身体验。这部随笔集始于1976年，当时的名称是《云朵梦想录》。蓝天的一朵白云，怀揣着自己的梦想，在世界各地悠然自得地飘来飘去。这朵白云轻松地讲述了它在高空看到的一切，从蒙古的敖包，到意大利的大卫像，再到非洲马赛人的生活。其实，白云讲给我们听的这些故事，之所以如此感人，就是因为它们都源于田岛伸二的真实生活。白云的梦想，其实也代表了我们每一个人所追求的人生理想。

整体而言，田岛伸二的童话既十分贴近我们的日常生活，感人至深，同时也很大气，立意深远，富有同情心和极强的哲理性。人生就是一种体验。田岛伸二拥有非常丰富的人生阅历。在他的童话世界里，充分体现了作者极其强烈的人文主义关怀精神。这些童话故事，给孩子们带来的不仅仅是新奇和乐趣，更能培养孩子们所应具有的一种独立思考的意识，一种国际化的视野，一种包容性的胸怀。

田岛伸二的童话不仅适合少年儿童，也适合成年人阅读。在他的童话世界里，我们往往首先会置身于一个辽远的空间，那里既有广袤的沙漠，也有辽阔的大海，更有浩瀚的宇宙。当孩子们置身于无边无垠的童话世界时，足以开阔眼界，培养大气，练就洪荒之力。他的童话，在悲天悯人的同时，也让我们不断激励自我，挑战自我，追求光明和希望。

放下译笔，凭窗远眺，翻译过程中的酸甜苦辣一起涌上心头。记得作家阎连科在纪念法国翻译家Sylvie Gentil（林雅翎）的文章中写道："是作家，就终生、永远要感谢所有、所有的翻译家。"阎先生和我是同乡，笔者也曾有幸和他共进晚餐。每当读到这句朴实的话，我似乎又看到了阎先生真诚的目光。

我虽然谈不上是一个翻译家，却总是用心去翻译，力图把作者的所思所想百分之百地传递给每位读者。其实，作为一个翻译者，我是不需要作者对我表示感谢的。不管是作者，还是翻译者，其实我们最应该感谢的是读者。正是读者的认可，我们才能一步步坚持下来，顽强地走下去。

翻译过程中，首先要感谢的就是田岛伸二先生的大力支持。不管是语言，还是内容理解方面的问题，只要我提出来，田岛先生总是在第一时间通过邮件回复，并给予我以莫大鼓励。修改译文时，我总要读给8岁的女儿听，看她是否能够听懂。译文几经修改，直到自己满意后，才发给编辑们审校。

翻译这部作品时，家里恰恰喂养了十几条春蚕。感觉疲倦时，便和女儿一起去喂喂蚕宝宝，看着它们一点一点长大。不知不觉间，蚕宝宝长大了，田岛先生的书也最后完成了。

本书出版之际，也正是春蚕吐丝结茧之时。可以说，这部作品凝结了许多人的心血。在这里，还要衷心感谢山东教育出版社的王慧、张林洁、杨牧天三位编辑以及相关人士。正是有了他们的辛勤劳动，本书才能得以顺利出版。

最后，我想说，田岛伸二先生有一颗亮晶晶的童心，我们每个人心中也都有自己的童话世界。希望这些童话，能给我们带来快乐，留下遐想，引起共鸣。让我们也和作者一起回到自己的童话世界里去吧。

2017年父亲节

作者序

田岛伸二

　　《高迪的海洋》中文版由山东教育出版社翻译出版，值此之际，谨向中国的广大读者致以衷心感谢和美好祝愿。四十年前，当我还是大学生时，偶然遇到了一只大海龟。它趴在附近水族馆的大水箱里，病怏怏的，看起来很痛苦。突然，大海龟的眼睛亮了一下，就在这一瞬间，我萌生了书写"海龟故事"的想法。地球上的生物们就是处于这样一种生存状态。从描写海龟的这个故事开始，我好像听到了各种各样动物们发自内心的召唤，因此一发不可收拾。

　　现在这个时代，始终处于摇摆不定的变化之中。这既是有史以来一个最有希望的时代，也是一个最令人感到不安的时代。尤其是呕心沥血哺育了人类的"地球上的大自然"，现在正面临着空前巨大的危机。这一切都和人类文明有关。今天的太平洋正置身于苦难当中。大海、陆地、天空……尤其是太平洋,海水遭到公害污染,不计其数的生物和人类因此也都病入膏肓。所以,为了拯救遭到破坏的地球环境,为了认真感受人生和世界,我想把本书作为一件跨越国界的礼物,奉献给那些不断挑战未来、勇于开辟前进道路的中国的孩子和家长们。

在亚洲,已经有二十个国家的读者读到了本书中的故事。通过本书,我想和中国的广大读者建立跨越国界的真诚信赖和深厚友情。值此出版之际,谨向承担出色翻译工作的常晓宏先生,大力促成本书翻译的张明舟、田思圆女士以及欣然允诺出版的山东教育出版社,表示衷心的感谢和祝愿。此外,画家田岛和子,也是鄙人的妻子,她为本书绘制了精美的插图,在此也一并表示衷心的感谢。

2017年元旦

目　录

水族馆，甜蜜之家

"啊——啊——"

一天，趴在池子里岩石上的大海龟高迪，抖抖甲壳，发出了一阵叫声。高迪就生活在这个大城市的一个巨大的水族馆里。别看高迪长了一副大甲壳，可它的叫声对水族馆却没什么影响。只有它自己的大甲壳，才能感觉到这叫声引起的轻微震动。龟甲上，吸附着好多藤壶，还有许多海藻留下的黑色印迹。高迪休息了一会儿，然后又慢悠悠地探出脖子来。它伤心地叹了一口气，嘴里不停地吐出一串串白色气泡。

高迪眼睛里似乎还蒙了一层泪水，它趴在岩石上，又开始大叫起来。

这个巨大的水族馆，位于城市里一座大厦的一百层。那里挂着一个大大的招牌，上面写着"大自然水族馆"。水族馆的宣传口号是："把大自然的海底搬到高空。"争相目睹水族馆的人们，已经连日超员，他们乘坐着高速电梯，直达终点。能够在地面上一百层的地方看到栖息在海底的各种生物，人们可真是激动坏了。最近，有关人士还在认真讨论，他们计划在一座二百层大厦的屋顶，建一个大动物园。

"在那么高的地方喂养动物，长颈鹿会头晕吧，会不会引起骚乱啊？"

一个患有恐高症的职员战战兢兢地建议说。

"闭嘴！长颈鹿的天性就是往远处看，不然它的脖子怎么会长那么长？站在高空，至少离非洲老家会更近一点，它应该会大喜过望吧。"

玩笑过后，馆长郑重其事地对职员说：

"可是，对于我们来说，可管不着动物园里的动物高兴还是不高兴。应该考虑的是，我们人类怎样巧妙利用动物，让我们的生活充满乐趣。首先，动物园应该是一个让人们兴高采烈的地方。"

于是，在二百层楼高的地方修建动物园的设想，就这样开始一步步推进了。

大海龟高迪，就住在这个一百层楼楼顶的水族馆里。透过水池边的圆窗，它每晚都能看到这座大城市的霓虹灯。看到霓虹灯孤独闪烁的瞬间，高迪在幽深的黑暗中想，人类生活的世界，是多么缺乏生气啊！高迪操心的事情太多了，以至于脑袋后面竟鼓起了一小块。它每天大口大口地吐着白色的胃液，总是在长吁短叹。

高迪生活的水族馆的大池子里，除了它这只大海龟，还住着从大海四处网罗过来的各种鱼类。里面最多的就是鲕鱼和青花鱼，它们每天都成群结队，表演着漂亮的舞蹈。可是，大海龟高迪却每天口吐白沫，不时大声地呻吟着。它的呻吟声变成了气泡，这情景就像往水里发射臭屁一样。刚开始，大家还以为高迪在闹着玩儿呢。然而，它的叫声一天比一天大，而且池子里的水也渐渐发白，变得浑浊起来，有些发咸。这下子，鲕

鱼和青花鱼也开始上心了。鱼群中，有一只背鳍紧绷、个头最大的鲕鱼，它扯着嗓门对大伙儿说：

"这可真是一件伤心事。大家在水池里都是朋友，可也不知道怎么一回事，我们爱戴的朋友——大海龟高迪，好像在发愁什么。它为什么会烦恼呢? 谁要是知道，说给我听听。"

一只大青花鱼不停地眨巴着眼睛，若有所思地说：

"它烦恼起来也太任性了吧，这么小的池子里，吧嗒吧嗒直掉眼泪，我们都没法儿呼吸了。池水也不是它大海龟一个人的。"

大鲕鱼也在安静地听着，它好像是为了说服大家，蠕动着嘴唇，再次绷紧了背鳍说：

"你说得没错。可是大海龟为什么会变成这样呢? 没有人知道原因吗? 池子这么小，大家又挤在一起，这眼泪能腐蚀我们的身体，会生病的。真糟糕!"

于是，聚集在四周的鱼儿们，也停下游动，七嘴八舌地议论起来。当然啦，它们大声交谈时，虽然大张着嘴，但水族馆池子外面的游客们却毫不知情。因为人们看到的情景是，这些鱼儿只是像往常一样，嘴一张一合的。再说了，人们也不懂鱼儿之间的语言。一个中等个头、精力充沛的年轻鲥鱼说："我们去打听一下行吗？谁去问问大海龟高迪流泪的原因啊？只要有可能，我们应该想想办法让它精神起来。"

话音未落，大鲥鱼眼睛骨碌一转：

"是啊，你说得没错。大海龟看上去一副慢慢吞吞、胆小怕事的样子，但是仔细观察的话，它可是很有耐性、不屈不挠啊。还有，首先它……"

大鲥鱼刚说到这儿，另一只个头中等的青花鱼在一旁打断它说：

"我提醒一下，像大海龟这种脑袋既能伸出来又能缩回去的怪物可不多见，要是派探视的代表去，人选可不能草率。"

谁都不是傻子，听到这些口无遮拦的话，围在一起的鱼儿们哄堂大笑。

之后也不知过了几个小时，水世界的时间和我们想象的可不一样，总之，水族馆人满为患的一天终于结束了，游客们带着满足的神情，开始离去。水族馆变得鸦雀无声，迎来了夜晚。一阵凉风吹过高楼大厦顶端。弯

弯的月牙睁开了眼睛，月光如水，照在匆匆流动的云彩之间。夜已经越来越深了。

没错，就在这个时候，询问大海龟流泪原因的"慰问大使"，终于在鱼群中产生了。这可真是费了好一番周折。要是派大家的头儿大鲥鱼去，总觉得有点小题大做。而且，大鲥鱼平时就不把大海龟放在眼里，看到它，大海龟一生气，就什么也不会说了。等提到让大青花鱼当代表去，马上就有人表示反对。因为大海龟最讨厌青花鱼的游泳方式和做派了，而且它说的和做的总是不一致。而一说到要派可爱的小鱼宝宝去当使者，马上就遭到了小鱼父母们的反对。

"你说得也太吓人了！大海龟那么凶猛，把我们家孩子派去当使者，可得好好想想。别看大海龟吃饱肚子时悠然自得、和蔼可亲，可一旦它肚子瘪了，眼神马上就不一样了。它那眼泪，真是从眼睛里流出来的吗？"小鱼的父母们哆嗦着说。紧接着，旁边传来青花鱼大婶的声音："大海龟看着行动迟缓，性情可不一般啊。"听她这一说，大家都陷入了沉思："那么，究竟派谁去好呢？"

就在这时，突然又有人说了："别干这种傻事了，问什么海龟的烦恼？海龟的烦恼只有它自己知道。有什么样的体形，就有什么样的烦恼。它的烦恼和我们的可不一样。"

话音未落，一个体弱多病的老鲥鱼嘟嘟囔囔地说：

"可是，不管是吃喝拉撒，还是生老病死，我们都生活在同一个水池里，怎么说也应该心有所系，互相之间容易理解吧。不久前，我还听贝壳倾诉它的烦恼呢。"

老鲥鱼刚说到这儿，那个中等个头、精力充沛的年轻鲥鱼敏捷地旋转了一下身体，出现在大家面前：

"好了好了，我去。我去给大家把所有事情都打听清楚。听说，对于流泪的人，什么都不用多问，只要侧耳倾听就行了。你自然就会知道流泪的原因。刚才那位老爷爷不是也说了，谁都想有个倾诉的对象。大海龟，它肯定是寂寞了。"

听到中等个头的鲥鱼这么一说，聚在一起的鱼儿们都吃惊地转了一下眼睛。这只鲥鱼话不多，老实巴交的，总是一个人躲在大石头后面沉思。在这个重视集体行动的鱼类世界里，它被大家视为异类。在鱼儿的世界里，只有统一行动，才能存活下去。这也是最重要的法则。所以，听到这只怪鱼的想法，其他鲕鱼和青花鱼都打心眼儿里感到高兴。它们都摇动着尾鳍，表示赞成。

"探听大海龟高迪烦恼的使者——中鲕鱼，愿你不辱使命。"

然后，大伙儿都心满意足地睡觉去了。

夜深人静，池子里的鱼儿陷入了沉睡。这时，中等个头的鲕鱼开始行动了。要是放在白天，鱼儿七嘴八舌，东问西问，在它们面前，大海龟可什么都不会说了。虽说是深夜，但中鲕鱼刚游到大海龟面前，就看到大海龟睁着红肿的眼睛，脖子一会儿伸出来，一会儿又缩回去。看到这些，中鲕鱼想给大海龟打打气，就在它面前一连翻了三个跟头。大海龟凝视着中鲕鱼，一脸疑惑地瞪着它。

"啊，原来是你。深更半夜的，你跑到我这儿来干什么？你要是想看我哭的样子，大白天再来吧。只有人类才会把我当傻瓜，你，你也是这样想的吗？快给我走开！别闹了！"

大颗大颗的泪珠不时从大海龟眼里流到嘴里，所以它说起话来有点结结巴巴。

"不是这样的，我是打心眼儿里担心你才来的。大家商量了半天，才决定选我当使者的。"

"你说什么？你是什么使者？"

"高迪先生，你为什么一直哭啊？就是因为你不停地掉眼泪，大家才觉得不好办。可是，你是我的同伴，看你在水池里哭得这么难受，我也不能默不作声吧。"

听到这些话，大海龟高迪眼睛一亮，它心中的确有很多委屈，想要一吐为快："我，我想回大海里去！大海，大海……我想现在就回到真正的大海里去！啊，我再也不想待在这个鬼地方了。这个鬼地方真是糟透了！要是能逃到池子外面去，去哪儿都成！"

大海龟拼命叫喊着，大颗大颗的泪珠不停地往下掉。

"你不觉得憋屈吗？被人类围困在水泥墙里，这种地方，是我们想住的吗？我眼前，只是一座闪闪发亮、晶莹剔透的玻璃屏障，冷冰冰、厚墩墩的。我，多想回到大海里去啊，这颗脑袋都不知道往上面撞了多少次了。啊，那闪着蓝光的浩瀚的大海深处，多么令人怀念啊！在那里，我可以尽情地游来游去。要是让我回

去，就是即将死去，我也愿意。"

听到这儿，中等个头的鲥鱼有点吓到了，它尽量用柔和的语气轻轻问高迪：

"你说想回到大海里去，这一点我们大家完全没有想到。从小，我们就听爷爷说，这个世界上，再也没有比水族馆更好的地方了。高迪先生，大家都很担心你呢。我们能为你做点什么？尽管讲吧。我们这些小鱼，只要齐心协力，也许能干成点什么。不管怎么说，大海龟你是这个池子里最有趣的……"

刚说到这儿，中等个头的鲥鱼慌忙停住了嘴。

"你说有趣？和大海比起来，这个水池底下简直就是地狱！"

"你说是地狱？这怎么可能？这么华丽的水族馆。高迪先生，大家总说你傻呢。哎，你听到过吗？我们还为这座漂亮的水族馆作了一首歌呢。所以嘛，大伙儿才会说，没有比这里住着更舒服的地方了。你听，就是这首歌——

电灯底下亮闪闪，

生我养我水族馆，

衣食无忧幸福港，

健康平安有它管，

快乐生活大伙享，

我们故乡水族馆。"

"别唱了！"大海龟怒吼道，"别想用这样的歌安慰我！你不是一直想着能帮我吗？我现在最需要的，不是在这个人类建造的小囚笼里像宠物一样过活，我想回到真正的大自然中去！"

"真正的大自然？"

"对，真正的大自然，和这个毫无生气的地方完全不一样。你们这些小鱼，每天在水池里轻快地游来游去，看上去很自由。可是，这里跟真正辽阔的大海简直没法相提并论。总之，你们的想法根本就不值一提。还有……"

大海龟拼命说个不停，甚至忘记了流眼泪。

"你看看这块岩石！这块石头是塑料做的，不是真正的岩石。过了这么多年，它都完好无损，而且海藻也不会在它上面生长。还有，那边的海藻也不是活的，一年到头都那么大，也不能吃。算了，中鲥鱼，你一出生就生活在这个人类建造的水族馆里，什么都不懂。在真正的大自然中，所有的生物都是活生生的，都会动来动去。中鲥鱼，一想到海洋世界的瑰丽，还有活灵活现的生命，我激动得心都要跳出来了。没在那样的地方生活过，怎么能说经历过生命呢?！你这个大傻瓜，什么都不懂，还强词夺理。"

　　中等个头的鲥鱼本来是出于好心安慰高迪，但没想到被高迪狠狠骂了一顿，吓得不住哆嗦起来。然而，它马上又鼓起勇气说：

　　"那么，大海龟先生，如果你能从这个池子里脱身，回到广阔的大海中去，就会感到幸福吧？你就不会大滴大滴地流眼泪了吧？"

　　"当然啦，这还用你啰唆？我被带到这个水族馆，足足有三十年了。刚开始，我也觉得水族馆简直就是天堂。就像你们歌里唱的那样，一到规定时间，小虾啦，小鱼啦，这些食物都会投给我们，吃得饱饱的。而且，经过调节，一年四季水温宜人。要是生病了，人们还会把药掺到食物里，给我们治疗。总之，我想，所谓天堂，不就是这里吗？可是，我很快就明白了，吃饱不是生活的全部。生活的真谛，离不开真正自由的世界，真正的大自然。生活在这里，真是一种折磨。天天都要面对这么多观众，我简直快疯掉了。啊——什么时候我才能回到大海的故乡？好想在无边无际的大海里畅游。在太阳辉耀的海水中，舒展开身体，任凭四肢尽情划动，要是能这样，我就是死了也心甘情愿。啊——总之，怎么都行，只要让我回到大海里去。"大海龟高迪用前肢猛烈地拍打着玻璃，眼泪又开始大滴大滴地滑落下来。

游泳池里一场严肃的讨论

中鲕鱼知道了大海龟高迪流泪的原因后，十万火急地游回大家这里。这时，阳光开始照进来，水族馆迎来了清新的早晨。

中鲕鱼大声叫醒了大伙儿。

"这一大早的，你到底有什么事？平常你那么安静，今天是怎么了？"

"我知道原因了——大海龟高迪为什么哭泣的原因，大家赶紧起来吧。"

听到中鲕鱼那声嘶力竭的声音，在岩石底下、水槽

角落里睡觉的鲥鱼啦，青花鱼啦，都一起张开了眼睛。大鲥鱼马上把大伙儿聚集在一起，召开了早上的全体会议。

"中鲥鱼，你真是好样的！如果我们因此能阻止大海龟继续流泪，住在这个池子里就更舒服了。那么，它流泪的原因是什么呢？"

"是的，我知道它流泪的原因了，可是……"中等个头的鲥鱼说起来，面露难色。

"那个大海龟高迪说，它想到这个水族馆外面去。它怀念以前居住的大海的自然环境，它说，要是能回到那里去，即便是死了也在所不惜。"

听中鲥鱼这么一讲，大青花鱼大大吃了一惊，它嘴巴一张一合地迅速说道：

"什……什么？这只大海龟还不光是有趣，它简直就是个愚不可及的家伙。从这座高楼大厦上面的水族馆里，怎么才能逃出去啊？我早就知道我们原本也是生活在海洋深处的，可是，单单这个想回到海底的想法，就足以让我害怕得浑身发抖。

我在海底住过几年，那里的情况我都了解。没有什么地方比那里更让人感到恐怖了。剧毒的海蛇，还有那长着可怕牙齿、到处追逐我们的鲨鱼，它们也生活在那里啊。真的，光是想想，就觉得那个弱肉强食的可怕的大自然，是一个多么令人感到痛苦的世界啊。对了对了，还有那种比海蛇更可怕的海鳝，它牙齿闪着寒光，突然从岩石底下……"

大青花鱼说着说着，整个身体都在微微颤抖。中等个头的鲕鱼突然截住了它的话：

"大青花鱼先生，你说的那些，大海龟高迪可一句都没提过啊。听说在海底那个地方，大家自由自在，生活得可美了。连那里的巨大岩石，都能随心所欲地快乐生长呢。"

"什么啊？那只大海龟说的都是些什么傻话！你看，在这个池子里住着的生物们，不也是朝气蓬勃地活着吗？你瞧，我不也是一样活蹦乱跳、自由自在地活着吗？喏。"大青花鱼太太，摇晃着背鳍、胸鳍和尾鳍，大声笑着说。于是，周围的鱼儿，不管是鲕鱼还是青花鱼，都一起会心地大笑起来。它们都在嘲笑大海龟，觉得它的梦想简直是傻透了。这时，大鲕鱼默默地

听着大伙儿说话。它语气平静地开口了，像是要告诫大家什么。

"等等，大伙儿别着急这么兴奋。我也在海底待过很长时间，所以也不是不理解大海龟的心情。越是上了年纪，对于周围的水泥、玻璃，还有塑料海草，我们越是亲近不起来。就像大海龟说的那样，仔细想想，还是大自然吸引人啊，不是吗? 在那儿，自由自在，往哪儿游都可以，哪儿都行啊。"

听到这些，小鱼们都很惊奇，眼睛里闪闪发亮。

"大海是一个自由世界。可以说，这种自由，连喜悦都不受任何限制。在那里，生长着许多浮游生物。在海水里，只要你张开嘴，一会儿就能填饱肚子。"

这时，旁边一只小青花鱼说:

"那么，大鰤鱼先生，你和大海龟先生的想法一样喽。所以，我们要一起回归大海吗? "

"这个嘛，别急。大自然既是一个自由的世界，当然啦，也是一个弱肉强食的世界。弱者会被强者吃掉，强者会被更强者吃掉。可是，仔细想来，在真正的大自然中，虽说是弱肉强食，但也说不好谁是绝对的强者，谁是绝对的弱者。比如说，鲨鱼吃大鱼，大鱼吃小鱼，小鱼吃虾米……"

话音未落，一条鱼插嘴说：

"没错，就是鲨鱼也会被人类钓走，人类嘛，也不知道什么时候会被……"

"噢，有点跑题了。"大鲥鱼说，"总之，大青花鱼太太，你要是在那无边无际的大海里游过一次，你就会明白我的意思，你就不会再想待在这个水泥池子里了。是啊，大海龟高迪说得很对，每天只是为了吃喝活着，那就不是真正的生活。比起塑料海草、岩石、电灯光，还是自然阳光、微风、纯正海水的滋味更令人感到美妙，这都无法用语言来形容。弱肉强食的世界虽然有它恐怖的一面，但是大海龟如果缩回脖子的话，它那坚固的甲壳能抵御任何攻击。自然，它是想回到大海里去了。就连我自己，也时不时会怀念起大海来。"

大鲥鱼慢慢回味着那令人怀念的过去。大青花鱼看起来似乎回想起了什么，突然闭上了嘴，不再发言。一阵沉默之后，中等个头的鲥鱼心急火燎地催促大家说：

"那么，我们究竟该怎么办好呢？大家不是说过，

无论如何也要帮助大海龟先生摆脱痛苦吗？那么，我们帮它逃回到遥远的大海里去吧。"

这时，大鲥鱼一下子失去了自信，它有气无力地说：

"是啊，咱们是说过这样的话。可是，该怎么办好呢？连我们自己都没有本事从这个水族馆里逃出去，更别说去帮别人了。即便大海龟先生能用四肢爬行，可地面却遥不可及。它虽然能爬出水池，但是拖着那么大的甲壳，又怎么能从这么高的地方逃出去呢？"

"这么说，我们就得一直生活在大海龟的眼泪里了？它那么悲伤，整天哭哭啼啼的，和它一起生活……"

"别说傻话了！大海龟的泪水和咱们的可不一样。好了好了，要不别管它了。或者索性别让它再哭了……"

看到大青花鱼阿姨突然黑着脸这样说，中等个头的鲥鱼马上开口道：

"等等！大家生活在这个水族馆里，自然都是朋友。我原以为大家聚在一起，总能想出什么办法来。哎呀，怎么反而变糟了。"

中等个头的鲥鱼失望极了，它说完话后，转了转眼睛。这时，旁边的一条小青花鱼，好像想起了什么好主

意，它一边不住地点头一边说：

"有了有了，不是有谁了解在大海中生活的真正滋味吗？比如大青花鱼先生，还有大鲥鱼先生，你们和大海龟聊聊快乐的海底往事如何？再讲一讲过去的梦想，这样不也是能安慰一下它吗？"

"你说什么蠢话？"

大鲥鱼马上反驳说。

"那样做的话，只能让大海龟更加悲伤。明天的梦想会使我们充满力量，而昨日的梦想只会令我们感到沮丧。"

"那么，究竟该怎么办才好呢？"

早晨的阳光照耀着水族馆的池底，鱼儿就这样陷入了沉思，连早饭都没顾上吃。这时，水草底下的沙子有些松动，大伙儿定睛一看，原来是一只身着铠甲的大螃蟹，举着大钳子，慢慢爬了出来。

"你们这是怎么了？一大早就吵吵嚷嚷的。鲥鱼、青花鱼的性格可是喜欢沉思默想的啊。平时你们嘴巴一张一合的，我还以为你们只知道吃东西呢，谁承想……仅仅看你们说话时的口型，我可不知道鱼儿的想法。要是你们遇到什么麻烦事，关键时刻，说不定我也能出谋划策。既然都生活在水族馆里，就应该互相帮助。如果不是这样的话。唉，我好累啊。"

螃蟹一边说，一边从嘴里扑哧扑哧地往外吐白色的泡泡。

"那么，螃蟹先生，我问你，从这个水池里脱身，究竟该怎么办才好呢？"

大鲻鱼刚这么一问，螃蟹就慢慢地把它那双大钳子放到了沙面上。

"你们这些鲻鱼也想逃走？"

"我们不想，水族馆可是个好地方。其实，是在那边哭泣的大海龟——高迪，它想回到大自然的故乡去，所以才在那里悲叹。我们自己，是无能为力的。可是，怎么样才能让大海龟神不知鬼不觉地从这座摩天大楼逃到大海里去呢？它那么重，恐怕得需要一万只海鸥组成飞行器，才能把它吊起来，从空中运走吧。嘿嘿嘿。"

听它这么一说，鱼儿们哄堂大笑。然而，螃蟹却很严肃，它一脸认真地说：

"这个嘛，这不是什么难题。简单，非常简单。"

螃蟹先生把它那又长又大的钳子在水中一挥,充满自信地说道。它用钳子尖夹住一根小海草,一下子就剪断了。

"没事儿,如果是大海龟的话,就没问题!别看我这么不起眼,但我却熟知人类社会的运作方式。人类认为我们不会思考,然而,我从池底却能看清楚整个世界。"

中等个头的鲥鱼连忙问:

"螃蟹先生,螃蟹先生,照你这么说,究竟该怎么办呢?"

"这么办,让大海龟装病好了。我们螃蟹里面,就有螃蟹这么做,才成功离开水池到外面去的。生病的话,待在池子里,池水就变质了。人类最讨厌我们生病了。我有两个同伴,虽然逃出了水族馆,但最后还是被人给吃掉了。演技差的话,万一被人类识破,人类就会因为受骗上当而恼羞成怒,暴跳如雷。所以,在人类面前,演技一定要无可挑剔。在你们鱼类里面,有的鱼和岩石的颜色很近似,有的鱼特别像水槽里那些水草的颜色,有的鱼身体还会变色,这些人类都再清楚不过了。不过,大海龟应该很会表演。它那么大个儿,即便装得不像，也很难被识破的。"

螃蟹稍微挺了挺胸腔，得意扬扬地继续说。

"近来嘛，人类世界也渐渐发生了一些变化。记得我刚被带到这个水族馆时，人们看我们的眼神，简直是过分极了。人类觉得只有他们自己才是这个星球的统治者。真是痴人说梦，哼。"

螃蟹突然瞪大了眼睛，点了点头。

"可是最近，听说有观点提出人类并不是地球上唯一重要的生物。话虽如此，人类抱有这种想法，也是因为他们自己遇到了生存危机，才开始关心咱们，对咱们产生了兴趣。所以，这个世界上没有真话，到处都是谎言。我永远也不相信人类的所作所为。可是万一，万一……"

螃蟹刚一结束这场宏大的演说，就使劲地用大钳子擦着快要滚落下来的汗珠，满足地盯着中等个头的鲥鱼。

"哎呀，太了不起啦！我总以为你行动迟缓，个性莽撞，没想到你的大脑里充满了智慧，简直就像你腿上的关节一样多。"

中等个头的鲕鱼越说越来劲儿。螃蟹听了很平静，它脸上带着一副满不在乎的表情，继续它的演说：

"什么？你说我行动迟缓？你得看这到底是和谁比。在你们的想法里，是和水母的游泳速度，还有鲨鱼袭击猎物时的速度相比吧。我有我的步调，大海龟有大海龟的节奏。要说啊，其实，在大自然里游泳，如果不是用大自然的生存智慧武装自己，根本就活不下去……"

螃蟹像是用过来人的语气接着往下说：

"有时我会对什么都不在乎，有时我会借着装死突然对猎物发起攻击，还有……要是肚子填饱了，哪怕再好吃的小鱼游过嘴边，我也不动弹。彼此都是好朋友嘛。当然啦，为了在大自然里生存下去，这点智慧大家还都是有的。是吧？是吧？是吧？"

螃蟹越说越得意，它在水里四处挥舞着长钳子。

高迪的表演

就这样，中等个头的鲥鱼再次被指派为使者，去告诉高迪大家讨论的结果。黄昏时分，当游客都离开水族馆后，中等个头的鲥鱼游到大海龟那里，在它耳边窃窃私语。之所以这么做，是因为它总觉得人们在水中装了音响探测器，可以二十四小时监视鱼儿的活动。

和往常一样，大海龟高迪不停地流着眼泪。刚开始，高迪还满脸疑虑，听着听着，它的眼睛慢慢亮了起来。中等个头的鲥鱼把从螃蟹那里听来的话，详细转达给高迪。为了装病，该怎么办好，人类会做出什么反

应, 等等。此外, 中鲥鱼还从大海龟和人类态度这两个方面, 如实给高迪做了分析。听到这些, 高迪多么高兴啊! 它深表赞同, 激动极了, 不停地抖动着四肢, 大脑袋也剧烈地上下晃动。高迪呼喊着"万岁", 恨不得把身上那厚重的甲壳也脱下来。看到这一切, 作为代表的中鲥鱼, 也不由得发自内心感到高兴。

第二天一大早, 水族馆里的大海龟高迪就生病了。为了瞒过人类, 大海龟吐着大舌头, 就像真的生病一样, 嘴巴一张一合, 不时吐出白色的泡沫, 表情极其痛苦。巨大的龟甲时而产生剧烈的痉挛, 撞在窗户玻璃上, 隆隆作响。它大睁着白眼珠, 可怜巴巴地向人类求救。

"啊——啊, 啊——啊, 啊——啊, 唉——"

大海龟高迪对自己的演技感到惊讶不已, 自己真是个出色的演员……

最先发现大海龟情况不妙的是一个小孩。当时, 这个小孩正把脸贴在水池玻璃上看着高迪。大海龟发现有人在看它, 就更来劲儿了, 它抖动着身体, 白眼珠痛苦地转来转去。小孩子看到了, 大吃一惊。

"快看那个, 那个, 那个大海龟, 它多痛苦啊。妈妈，快救救大海龟……它好可怜！我看着都上不来气，快想点办法啊。"

听到孩子的喊叫，孩子妈妈立刻跑去找水族馆的工作人员。工作人员嫌麻烦，不情愿地走了过来，可是当他一看到大海龟高迪的样子，就马上给常驻水族馆的动物医生打了电话。这时，水池前面聚集了好多人，大家看着大海龟痛苦的样子，也都很难受。有的人眼里还隐隐约约闪着泪花。大海龟高迪看到人们惊慌失措的样子，以及人们对它的极度关心，不禁心中暗喜。它不时伸出舌头，深信"如果顺利的话，肯定能逃跑成功"。

这个时候，在能观赏到大海龟的水池那里，贴着一张大白纸，上面写着：

"大海龟高迪患病，暂停参观。"

医生向中断休假匆匆赶回的馆长做了详细汇报："不管从哪方面考虑，大海龟高迪都可能到了生命的最后时刻。否则，它为什么会这么痛苦，吐出的净是白色胃液呢？以前，我在大学学习的医学课程里，也没有出现过这样的症状。如果是人的话，那种白色胃液，是神经衰弱的征兆。如今这个时代，神经官能症分布很

广，极为常见。而人类，往往会被各种各样的外物所束缚。例如，社会、公司、家庭、夫妇、自我，还有无止境的欲望以及对物质世界的憧憬等等。当然啦，就人类而言，放下这些身外之物，就可以避免神经官能症。可是，对于大海龟来说，你让它放下什么才能治好呢？"

在馆长面前，这名医生就像解决自己的重大问题一样，进行了多方论证和复杂说明。听他这么一讲，水族馆馆长一边重新打好领带，一边说："喂，你说的这些都是什么玩意儿啊？大海龟会得神经衰弱吗？神经官能症，是作为万物之灵长、拥有语言的人类的专属疾病。那只大海龟在这个水族馆里待的时间已经足够长了。正好它生病了，趁它还没有变颜色，赶紧把它做成标本！"

这时，旁边的工作人员惊慌地报告说：

"哎哟，馆长先生，您用词可得慎重。刚才接到报社记者和电视台摄影师的电话，他们听说了我们这里的情况，正在赶来的路上呢。"

"这些自然保护组织的家伙们，真不像话！正因为人类是第一位的，所以我们才建了动物园和水族馆。如果动物更重要的话，他们每天的饮食中，就别吃肉和鱼了。这帮家伙，只要无关自己的生活，就会没事找事，成天找我们的麻烦。去大门口给我贴张告示，凡是和自然保护组织有关的一切人员，严禁入内。"

馆长一边看着大海龟，一边恶狠狠地嘟囔着。

没过几天，这座摩天大楼水族馆里大海龟的事情，就尽人皆知了。反映大海龟高迪痛苦模样的照片和画面，在报纸和电视上反复出现，大肆渲染。水族馆馆长慌忙召开了秘密理事会，在众多理事面前，他垂头丧气地说：

"这次大海龟高迪事件，完全暴露给了新闻媒体，已经到了无法挽回的地步。媒体的惯用伎俩，就是把白的说成黑的，把红的说成绿的。只要符合他们自私的需要，想怎么报道就怎么报道。不信你再等等看，还不知他们会闹出什么动静。简直就是一帮固执己见、妄加臆断的家伙！因此，令人遗憾的是，这次不得不把大海龟放回到海里去，没法再把水族馆这一宝贵的财富——大海龟制成标本了。

标本部门，我命令你们，从今往后，只要发现有异

常的动物,就先贴出禁止参观的通知,让观众远离它们。不然的话,我马上就把你们标本部变成标本。也就是说,马上炒你们鱿鱼,换一拨头脑灵光的人来干这事儿。"

这一下,标本部的人大吃一惊,他抗议道:

"馆长阁下,那就是说我做错什么事了吗?大海龟还没死,我又能对它做什么呢?"

但是馆长根本不吃这一套,他怒吼道:

"你说什么蠢话!这次都怨标本部,才让我们如此被动。真正称职的标本部,就是要去精心研究,在动物还活蹦乱跳的时候,就能看出哪个更适合做成标本。"

看来,这次做出放大海龟回到大海的处理决定,非要拿标本部撒气,才能发泄馆长心头的郁愤。

水族馆的池子里,高迪并不知道人类那边情形如何,它的嘴还是一张一合的,喘着粗气。不过,一旦等人们销声匿迹,高迪就马上恢复了原来健康的样子,它对着游客离去的背影,吐了一下舌头。

中等个头的鲥鱼游过来,它满脸欢喜地说:

"大海龟先生，大海龟先生，水族馆外面的人们乱成一团了。有人说要把大海龟先生给放了呢。只要把耳朵贴在玻璃上，不管外面有什么都能听到。也许，下个礼拜，他们就把你放归大自然啦。"

中等个头的鲥鱼对大海龟说话的声音里都带着羡慕，大海龟回答道：

"哈哈哈哈哈，是吗？是吗？事情都发展成这样啦？想想，人类也不过是光看表面现象而已。早知道这样，我早就开始装病了。外面都乱成一团糟了？哈哈哈哈哈。"

大海龟发自内心地大声笑着，它陶醉在自己的梦想里，幸福地说道：

"太阳照耀下，那闪闪发亮的蔚蓝色大海啊，无数的贝类和海带都生活在那里。阳光照进大海深处，反射回来的阳光闪闪夺目，多美啊！数不清的鱼儿在海水里舞动，啊——啊——伟大的大自然。我真是太开心啦！无论怎么说，大自然才是我的家。"

听到这些，中等个头的鲥鱼更羡慕了，它说：

"太棒了，大海龟先生。你不是给我讲过，还可以

在海葵和红珊瑚丛里自由地游来游去吗？真是太棒了，高迪先生。"

"中鲕鱼啊，你也想离开水族馆，到外面去吗？你想在大自然中生活吗？"

大海龟忽然一脸认真地说。

"当然想啦。我是出生在水族馆，可也想到大自然里去生活。虽然大家都很满意水族馆的生活，但就像你说的那样，我们只知道生活在这个灯光照耀下的人造水池里。你说得没错，固然这个大牌子上写着'大自然水族馆'，可这完全是自欺欺人，都是人们的广告宣传。我也想看看真正的大自然，在真正的大自然中生活。"

"你说得没错……我懂，我懂你的心情。可是，中鲕鱼啊，对于在水族馆里长大的鱼儿来说，大自然的世界可能会很辛苦啊。"

"这还用说嘛，在真正的大自然中生活……要想实现自己的梦想，受点苦又算得了什么？谁都会这么想吧，不是吗？高迪先生。"

"嗯，没错，没错，你说得对。"

大海龟发自内心地同情中等个头的鲕鱼，它深深点了点头，然后陷入了沉思。中等个头的鲥鱼为自己多方奔走，给自己出了不少好主意，高迪对它充满了感激之情。所以，当听到中等个头的鲥鱼起劲儿地嘟囔着实现梦想的话时，高迪的心情格外沉重。

"好想离开这里啊，我也想走，就像大海龟高迪先生那样。啊，无论如何，我也想去从来没见过的大自然里……"

这时，高迪的眼前忽然一亮，它急忙对中等个头的鲥鱼说：

"中鲥鱼，你真想逃到外面去？不是开玩笑？是动真格的？"

"说是真的，当然是真的，我是那种撒谎的人吗？"

"……好嘞，那么我们一起逃走吧。如果你决心这么坚定，你就能在严峻的大自然里活出精彩来。只有决心，虽然还不能解决所有问题，但是没有决心，一切都不会开始。对了，我想起当初我被带到这个水族馆时的事情了……"

大海龟歪着头，好像在思考着什么，它继续说：

"我可能是被装在卡车的水箱里运来的，我把你

隐藏在我的鳍下面吧。你仅仅有几秒钟无法呼吸,然后我们就会马上被移到有水草的水槽里去。"

听到这些,中等个头的鲥鱼兴奋得跃跃欲试,它激动得身体发抖,破天荒地一连在水里翻了七个跟头。

"哇,那我能到浩瀚的大海里去啦?"

"是的。"

大海龟高迪连连点头。

"哇,我也能像大海龟一样自由游泳了!比起这个人造自然来说,还是大自然更适合我啊!"

中鲥鱼一溜烟儿地冲了回去,它要给鲥鱼和青花鱼同伴报告这个大好消息。

中鲥鱼兴奋地讲完了高迪的计划,它原以为大伙儿会为它感到高兴。可是,大家听它讲完后,看起来都面带难色。关于中鲥鱼和大海龟一起回归自然这件事,分为赞成和反对两派,大家七嘴八舌,讨论十分热烈。水池里回响着鱼儿们吵吵嚷嚷的声音。当然啦,对人类而言,鱼类争吵的样子,看起来最多就是嘴巴比平常活动得更厉害而已。

其中,对于中鲥鱼出逃这件事,大青花鱼的反对声最高。毕竟大青花鱼曾经在大自然里生活过，所以它一发言，大家都格外关注，纷纷侧耳倾听。

"说到大自然啊，如果没住习惯，那可是个极其可怕的地方。大海龟高迪先生在大海里生活过，经验丰富。而中鲕鱼你，就是在这个水族馆里出生的，完全不懂大自然的生存技巧。这真是太可怕了！你身边那缓缓摇动的海草，要是放到大自然里，说不准就是一条伺机袭击我们的海鳝。有的敌人和岩石的颜色一模一样，它紧紧贴在岩石上，一动不动地觊觎着我们。在大自然里，我可没有睡过一天安稳觉。和大自然相比，还是这个水族馆，哈哈哈，才能让我毫无戒心地睡个够。"

接着，曾经在大海里待过的大鲕鱼也发话道：

"所以嘛，别看我们现在吃得多，浑身都胖乎乎的，可是体质却很虚弱。想当年，我在大海里的时候，背鳍、尾鳍紧绷，还有身体的颜色，无比漂亮。"

"可是那时，你比现在年轻得多吧。"

旁边的鱼儿一齐开怀大笑。

"别瞎开玩笑了。在大自然的世界里，大家不都活得好好的吗？大海里，不会有遍布四处的透明玻璃。而

且，在阳光和大海的滋养下，我们会更健康。人造的电灯和海水环境怎么和大自然相比？没错，没错……海水中还有大量的浮游生物。总之，自由真好。我们生来就应该是自由的，大海龟不就是因为失去了自由，才精神失常的吗？"

"说得好听，你真正了解大海的恐怖吗？剧毒的海蛇，怎么逃也甩不掉的鲨鱼，还有机敏的海豚，它们扑过来，你觉得中鲔鱼能活下去吗？"

"不过，等它到了大海，自然就会习惯海洋生活吧。大海里有许多我们的同伴，像在这个水池中一样，只要大家互相帮助就好了。"

"你说什么傻话！互助只存在于这个小水池里，在大自然里可行不通。人类社会有个故事，叫坐井观天。小小水井里的青蛙，不知道世界上还有辽阔的大海，因此闹了不少笑话。所以，小水池中的鲔鱼硬要跑到大海里去，会出大洋相的。"

最后，大家都加入到这场大讨论中来，每天吵个不停。一天，水族馆公布了大海龟放归大海的日期。一两天之内再不做出决定，对于中鲔鱼来说，这一生中绝无仅有的大好机会，就会随着卡车离去而化为泡影。可是，大伙儿毫不介意，还在继续讨论中鲥鱼的去留问题。中鲥鱼时而精神振作，时而灰心失望，逃往大自然这件事渐渐让它心情沉重起来。大家也讨论得精疲力尽，待在水池里，越来越感到烦躁不安。

这个时候，中鲥鱼好像想起了什么，它骨碌骨碌转了转眼珠。

"对了，伙伴们，这次，我们再听听那只聪明的螃蟹的意见如何？我们是同类，拥有同样身段，讨论起来，只能得出相同结论。要是听听身材、游泳方式和我们不同的其他生物的意见，或许……"

"好啊，那只螃蟹说话干脆利落，让它拿个意见。可是，它能真心诚意给我们出主意吗？"大青花鱼立刻回应道。

"能逃离水族馆，我会感到很幸福，就是马上死了我也无所谓。可是，如果不能说服大家放我走，我还是会后悔的。好，我去请螃蟹先生过来。"

听中鲥鱼这么一说，大家马上表示赞成。毕竟已经谈论得疲惫不堪了。大鲥鱼对中鲥鱼说：

"自己的事情，还是自己先说服自己为好。让别人也同意，反而会把自己累得够呛。就照你说的办，听听螃蟹的意见吧。"

在塑料海草的阴影下，螃蟹正在进食。它用大钳子把刚投进来的小虾一点点剪碎了吃。中鲥鱼过来叫它，刚说明来意，螃蟹就马上赶到鱼儿们面前。它呼哧呼哧喘着粗气说：

"中鲥鱼当然想逃到水族馆外面去了，这是自然而然的事情。它那么年轻，充满了希望，反应又快。凭着它年轻人的精力和勇气，什么困难都能克服。"

螃蟹眯着眼瞧了瞧中鲥鱼，赞许地点了点头。然后，它面向大青花鱼所在的鱼群：

"话说回来，上了年纪的鱼不同意中鲥鱼离开，这能够理解，也是自然而然的事情。大自然好是好，但也是个危机四伏的地方。谁都想轻松安逸地过一辈子，这种心情也不是不能理解。我也有过年轻的时候，年轻人和老年人想经历的完全是两码事。也就是说，让中鲥鱼去吧。大家也没有必要给它讲大道理，勉强它留下。追求自由是不需要讲道理的。以后不管发生什么，你都要自己为自己负责。是吧，中鲥鱼？"

中鲥鱼听了，高兴得一跃而起。它目光炯炯，在大伙儿面前连续翻了七个筋斗。

大海龟听到消息，说一辆载有小水箱的卡车就要抵达水族馆所在摩天大楼的大门口。大家都很兴奋。高迪把中鲥鱼好好地藏在了它的鳍下。可是，突然传来了另外一个令人震惊的消息。只听馆长大声喊道：

"你们到底在干什么？搬运大海龟，怎么还需要装水啊？搬走大海龟就可以啦，把水给我放掉！"

高迪吓了一跳。"我自己倒是没事，可是中鲥鱼在没有水的箱子里，怎么呼吸啊。"

大海龟偷偷看了一眼中鲥鱼，事态发展出乎意料，也许它会放弃逃跑吧。当初自己夸下海口，和中鲥鱼约好要把它带往大海，可现在……大海龟心头愈加感到不安。可是，中鲥鱼好像要消除大海龟的不安一样，它目光炯炯地说道：

"喂，大海龟先生，听说水箱里不会放水了。但是，我已经下定了决心，我会和你一起走的。我豁出去了，你用鳍把我保护好就行。就算变成鱼干，我也要撑到海边去。"

"嗯，好的。你真是下定决心了啊！不过，没有水的话，你无法呼吸，可痛苦了。"

大海龟再一次叮嘱中鲱鱼。

"没问题！我想靠自己的力量去沐浴大自然的阳光，就是死了也……"

就在它俩交谈时，装载着水箱的大卡车到达了水族馆。人们一拥而上，包围了大卡车。四周不断响起热烈的掌声和欢呼声，馆长在无数闪光灯的聚焦下，大声清了清嗓子：

"今天，我们放生大海龟，让它回归大海。这始于一个小女孩的眼泪，正是她，发现了泪水涟涟的海龟。泪水总是美丽的。正是这美丽的泪水，借助于媒体以及各方人士的力量，掀起了更大的伟力……"讲到这里，馆长好像是为了让大家保持安静，又大声清了清嗓子。

"我们水族馆理事会的全体同仁一致决定，放生大海龟，绝不允许把它制成标本。如果做成标本，这只大海龟的价值会达数百万日元……"

这时，标本部的负责人狠狠瞪了馆长一眼，打断了

馆长的演讲。

仪式总算结束了，工作人员用粗大的绳子绑住大海龟，把它拉向空中。大海龟非常不安，它担心鳍下的中鲥鱼会气绝身亡。它使劲在嘴里含了一大口水，打算路上吐给中鲥鱼。聚在一起的人们注视着被吊起来的大海龟，想从它的眼神中捕捉到大海龟的内心独白。然而，大海龟始终紧闭双目，脸上露出痛苦的表情。

"海里的生物就应该回归大海。这帮人类，自作主张地把海洋生物带到岸上，用来观赏，肆意摆弄。他们鼓的都是什么掌啊，这绝不是对我们表示欣赏。人类总是在颂扬他们自己的行为时，才会鼓起掌来。"

一眨眼的工夫，大海龟就被放入了箱子里。令人吃惊的是，大海龟发现箱子里满满都是水。这和馆长吩咐的可大不一样啊！估计是谁忘了馆长的命令，才会让水箱保持原状吧。当然，中鲥鱼比大海龟还要狂喜。大海龟马上吐出了藏在嘴里的水，温柔地对中鲥鱼说：

"这下，你终于也可以到大海里去了。没想到一切都这么顺利，我真是再高兴不过了。"

中鲥鱼也高兴极了，它欢天喜地，摇了好几十下尾巴。

不久，卡车就开到了一片辽阔的海滨。蔚蓝色的天空十分晴朗，入夏的积雨云在天边不断翻滚。大海十分平静，微微的海风拂面而来，令人无比向往。海岸上搭起了帐篷，人们要给海龟举行最后的欢送仪式。帐篷中聚集了不少人，有的肩膀上斜挎着绶带，有的背上贴着号码布，上面写着"自然保护组织人民团体分会"或者"反对破坏自然组织总部"等字样。绶带上应该还写着很多其他文字，但在大海龟的眼睛里，也只能看清那些了。演说又开始了，照样传来了人们的欢呼声。

"我们最喜爱大海龟高迪先生了。高迪先生，感谢您陪伴我们这么久。高迪最可爱了，三十年来，有多少孩子从中分享到了无穷快乐。光是想想这些，我心里就舍不得……"

话音刚落，那位女士就难受得再也说不下去了，她一屁股坐在地上。大家忙上前把她从台上搀扶下来。然后，大海龟被拖向海边。一个看起来慈眉善目、戴着眼镜的老奶奶用压舌器撬开高迪的嘴，以迅雷不及掩耳之势，把酒灌了进去。有生以来，大海龟高迪还是第一次经历这种事。此后，人们再也不管高迪的死活，只顾一个劲儿地喝起酒来。人人都像喝醉了一般，嘴里兴奋地喊着"好啊"，"好啊"。看着这一切，大海龟高迪不停地转动着眼珠，它想，人类简直就是莫名其妙，他们是为了什么而叫好？搞不懂。由于被灌了酒，大海龟有点神志不清，但是它仍牢牢保护着中鲥鱼。

终于，大海龟被放回到大海里。当浪花飞溅上来时，大海龟以闪电般的速度游向了海水深处。

高迪的海洋

高迪的表演

到大海里去

"啊，好舒服啊。"

大海龟高迪沉浸在海浪中，一股难以名状的眷恋和喜悦涌上心头。它兴奋得手舞足蹈，得意忘形地舒展开四肢，隐藏在它鳍下的中鲫鱼，一下子扑了出去。中鲫鱼也喜出望外，它在大海龟面前，一连表演了好几个空翻。大海龟看着它，高兴得满脸都是笑纹。高迪对中鲫鱼从来没有这么温柔过，它和善地大声说：

"怎么样？这就是大海啊。在你身边，就是无边无际、广阔的大自然。"

中等个头的鲥鱼一边拼命游泳，一边听大海龟讲话。

"中鲥鱼，别光顾着游泳，你也稍微看看周围的景色嘛。"

大海龟出于好心，奉劝中鲥鱼好好欣赏一下海底深处的风景。

"成功了，终于成功了！人类把我们强行带到水族馆，我们可算从那里逃出来了。叫作人类的那些东西，都是大笨蛋！这么简单的表演都能骗过他们，要是再用点儿心思，我们这些大自然的动物还不把人类耍得团团转？咱都没必要给他们亮底牌。总之，我们是成功了！噢……"

大海龟高兴得不得了，它兴奋地一边游泳，一边不住地摇晃着它那大甲壳。中鲥鱼心情也很激动，眼睛转个不停。它第一次见到真正的大海，完全被吸引了。

"总之我是太高兴了！中鲥鱼，你知道我有多开心吗？在这个忘乎所以的时刻，我要脱下甲壳来跳支舞，这我可从没给任何人表演过。水族馆里，众目睽睽之下，跳这样的舞可真难为情。可是今天，我实在是太兴

奋了……"

话音未落，高迪发现岩石下面有一块沙地，就缓缓游过去，落在上面。它麻利地晃了晃大甲壳，先褪出右手，然后其他肢体也都从甲壳里褪了出来。眨眼间高迪就脱下了那副大甲壳。眼前的大海龟高迪，光溜溜的，活像一只蜥蜴。

"啊哈哈哈，啊，太不好意思了。"

中鲥鱼往脱下的海龟壳里看了看，说：

"高迪先生，这可怎么办啊？你不再穿它了？不要紧吧？"

"我先把身体洗干净再说，在人类世界里沾了一身污垢，必须都得弄下来。你看，我要在沙地上好好蹭蹭。"

高迪那光溜溜的瘦小身体，在沙地上滚来滚去地蹭着。中鲥鱼看了着实吃了一惊，但它发现，自己现在这么开心，是和大海龟的喜悦分不开的。

"趁着没着凉，我得赶快把甲壳穿上，否则，遇到鲨鱼，我就完蛋了！啊，这真是太爽了！"

高迪说话干脆利索，它又重新钻到甲壳里，开始游起泳来。游了一会儿，大海忽然起了波浪，海藻之间漂着奇怪的东西。在遍布四周的岩洞和坑坑洼洼的地方，有许多气泡咕嘟咕嘟地冒出来。一幅从来都没有见过的景象，展现在大海龟和中鲕鱼面前。

"高迪先生，这里就是大自然啊……啊？这是大自然吗？嗯……这就是你一直念叨的大海？"

"没错。"

大海龟信心满满地回答。

"高迪先生，刚才我就注意到了，每次呼吸时，我都感觉鳃那里很难受。还有，海水好黏，每次进去，都快喘不过气儿来了。这都是什么怪味儿啊？高迪先生，海底那些黏黏糊糊、臭烘烘的都是什么呀？我讨厌那种气味。大海龟先生，大海的味道都是这样的吗？"

中鲕鱼撒娇似的骨碌骨碌转动着眼睛，向大海龟诉说着自己的不安。这下，大海龟也注意到了。

"听你这么一说……可不，你说得对。那黏黏糊糊、臭烘烘的是什么呀？"

大海龟百思不得其解，它下意识地点了两三下头。

"中鲕鱼，三十年前我在海里生活时，可没有这样的东西。中鲕鱼，我也不清楚。我每次呼吸时，这个地

方也……"

大海龟用前肢抚摸着腹部说。

"我也觉得呼吸困难。我一直都是这样游泳的啊，到底是怎么回事啊？我最喜欢的绿海藻森林，怎么也失踪了？"

大海龟高迪不停地巡视着周围。海底很浑浊，有很多死去的大贝壳，敞着口散落在海底，一股浓郁而奇怪的味道刺鼻而来。阳光还能照进海底，可是仅有的一点海藻也泛着枯黄色，匍匐在海底。海藻表面包裹着一层滑溜溜的东西，可恶心了。看到这一切，大海龟渐渐没了底气，它还从未这样怯生生地说过话。之前，大海龟对中鲥鱼夸下海口，说大海是多么美丽。原先，它脑子里满满的都是大海的美好，然而……大海龟高迪突然失去了自信。

"中鲥鱼，我也糊涂了。首先，这些海里的生物都不见了，海底到处都是这些生物的尸体。就连海藻都沾上了黏糊糊像油一样的东西，好恶心，我都快要吐了。"

大海龟逐渐丧失的信心让中鲥鱼感到不安。它唯

一能依靠的只有大海龟高迪。一想到高迪为了让它感受到真正的大自然而费尽周折，中鲫鱼就想给大海龟打打气。它啪啪地扇动胸鳍，故意大声说：

"高迪先生，别泄气。大海不是很大、无边无际吗？我们再往里游游吧，再往海洋深处游游，应该就能看到你所说的那个大海了。我爸爸说过，大自然那么大，天生我材必有用，我们到自己喜欢的那个地方去吧。"

说着说着，中鲫鱼忽然有点怀念水族馆了。大海龟斩钉截铁地说：

"嗯嗯嗯，说得好！中鲫鱼，我忘记了一件重要的事情。离海岸越远，就越能远离人类世界的影响。我在水族馆里给你说的大海就在那里。蔚蓝色的大海深处，沐浴着阳光。海藻色泽十分鲜亮，鱼群在海底天堂游来游去。

快游快游，我们快往里游。我们要摆脱人类的魔爪。离水族馆越远，真正的大自然就会离我们越近。快游快游，中鲫鱼。"

大海龟脸上又恢复了那种得意，它就像凯旋的大将军，威风凛凛、得意扬扬地慢慢往前游。看到和水槽中迥然不同、勇往直前的大海龟，中鲕鱼暗暗吃惊，它追随着大海龟，尽力游向远方。

就这样，好几个小时过去了。它们虽然游出了很远很远，然而，所到之处还是被彻底污染了的黏稠海底。海面上，漂浮着黏糊糊、黑乎乎的油带。无数蛤蜊，还有大贝壳，大张着口，横躺在海底。海里几乎没有什么鱼，海水中漂浮着很多废塑料和塑料袋。看到透明的塑料袋，大海龟误以为是小水母，它一口吞了下去。顿时——

"呃——"

大海龟发出一声呻吟，连连作呕，它痛苦地挣扎着说：

"这玩意儿不是吃的，都什么怪味儿啊。我还以为是美味的水母呢，可怎么也吞不下另一半。肚子好饿啊！"

看到大海龟这个样子，中鲕鱼愈加不安。它再也无法忍受下去了，喘着粗气说：

"高迪先生，高迪先生，离开水族馆后，我就照你说的一直拼命在游。可究竟是怎么回事儿啊？不管游到

哪儿，怎么就是到不了你说的那个大海呢？我肚子都饿瘪了。从水箱里放出来后，我可什么都没吃啊。大自然的海洋里，一点儿吃的都没有。你所说的大自然，到底是什么玩意儿啊？"

中鲥鱼失望极了，它一个劲儿地对大海龟抱怨。高迪突然觉得很烦。它使劲抖了抖大甲壳，想把中鲥鱼镇住，嘴里骂道：

"烦死了，中鲥鱼。你这家伙太烦了。我刚刚不是都说过吗，再坚持一下，就能看到美丽的大海了。你没长脑子吗？你不是说过，只要能逃出去，你什么苦都能吃吗？是不是啊？"大海龟撇着嘴，它怒气冲冲地继续说：

"真是的，早知道你这家伙牢骚这么多，就不这么费劲带你来了。"

大海龟的怒吼让中鲥鱼吓了一大跳，它马上道歉：

"对不起，高迪先生，都怪我饿昏了头。还有，刚才看到你吃塑料袋的样子那么痛苦，我也难受啊。"

听中鲥鱼这么一解释，高迪也沉默了。总之，当务之急，是要努力游向海洋深处，尽快抵达心中美丽的大

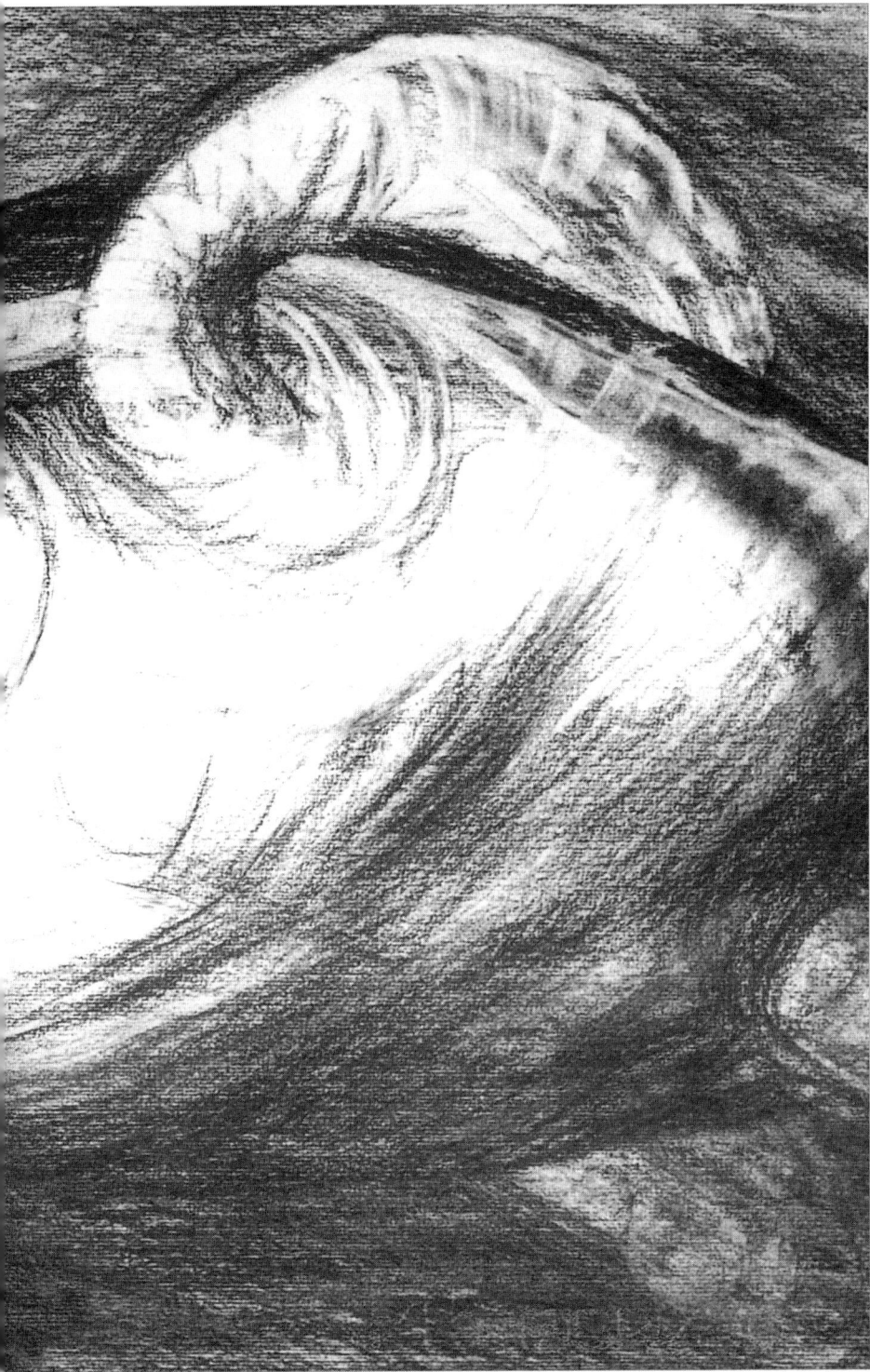

自然。中鲥鱼快要饿昏了，但它还是摇摇晃晃地尾随着大海龟。然而，一想起在水族馆时的那些快乐时光，中鲥鱼不禁又伤心起来。

"……还是水族馆好啊。到了吃饭时间，就会有很多吃的投进来，而且一次都吃不完。水温也不会发生变化，不像这里，一会儿冷一会儿热。大伙儿都舒舒服服地待在那里吃喝玩乐……好想回水族馆里去啊，大自然还是算了吧。"

中鲥鱼生怕大海龟听到，自己小声嘟囔着。大海龟也在自言自语地说着什么：

"噗溜、唔纽、噗溜、唔纽、唔啾唔啾、咕啾咕啾、唔纽唔纽……呜、呜呜、唔纽、咕啾……"

大海龟百思不得其解。它陷入了沉思，似乎完全忘记了中鲥鱼的存在。它反复剧烈地摇晃着脑袋，发出一阵阵呻吟。

"嗯——这是怎么回事啊？这是怎么了？海底从什么时候起变得这么肮脏了？我进水族馆之前，也就是三十年前，不是这样啊。究竟是谁把海底变成这个样子啦？"

这时，一大群水母从高迪身边经过。高迪从来没有见过这样的水母，它们比普通水母要大一百倍，浑身上下长满了红斑。看到大海中漂浮的这些巨型水母，大海龟脑子里出乎意料地冒出了"海洋墓地"这四个字。

"唉，真是饿死了！海藻和小鱼都是我的粮食，现在一个都不剩了。我长着这么大一副甲壳，再不吃东西，就会精疲力竭，晕乎乎地沉到海底去了。"

海底躺满了鱼儿的残骸，只有大海龟高迪气喘吁吁的哀号，在四处回响。

"唉，早知道这样，我还装什么病，非要跑到外面来？我就应该待在水族馆里，了却余生。我当时到底是怎么想的？水族馆——啊，其实，人类对我们挺好的。食物有的是，水温也不像现在这么凉。"

大海龟使出身上最后一点力气，开始向南边的岛屿奋力游去。这座岛很大，还有一个半岛。大海龟和中鲥鱼就要从半岛旁边游过时，眼前出现了一个大烟囱，上面写着"二十一世纪绿色能源大型核电站"。这时，海水的温度也在迅速升高。

"这是怎么回事？大海就像一个热澡堂。人类为什么要把海水变得这么热？"

海面上漂满了死鱼，散发出异样的恶臭，随着波涛起起伏伏。其间，还夹杂着成千上万伞状的紫色水母，漂来漂去。

"这究竟是怎么回事啊？海水这么热，我可活不下去。而且，最可怕的是，我快饿死了。难道，我就这样给活活饿死吗？"

大海龟猛然回过头，看到了正在拼命游泳的中鲥鱼。虽然中鲥鱼表情很痛苦，但它仍一心一意跟在大海龟身后。高迪缓缓地划动着前肢，目不转睛地盯着中鲥鱼。

"嗯——中鲥鱼身体好肥啊，看起来就很好吃，好好吃的样子。……不不不，我这是在说些什么啊？真是太可怕了！那家伙对我有恩呀。我在水族馆受苦受难时，是它四处奔走，帮了我大忙……我太无耻了，怎么会产生这种想法？……不过，等等，好好想想，我已经回报它了。毕竟，我也把它带到大自然里来了。为了中鲥鱼，我吃了不少苦头。这样看来，我俩算是扯平了。更何况，大自然是一个你死我活的地方。"

"大自然是个弱肉强食的世界——，为了能活下去，我是豁出去了。强者只有吃掉弱者才能生存下去。我还顾虑什么呀？听说，为了保住性命，有的生物把自己下的蛋都给吃了呢。章鱼饥饿时，也会吃自己的触角。弱肉强食——ruò、ròu、qiáng、shí，ruò、ròu、qiáng、shí。为了生存，必须不择手段。这就是在大自然中生存的第一法则。好，我决定了！"

大海龟高迪的嘴角，垂下一道透明的口水。它眼神不比寻常，露出凶光，像要袭击什么东西似的。高迪在想什么，中鲯鱼毫不知情，它只是默默地跟在大海龟后面。因为什么都没吃，又游了这么久，它已经累瘫了。

"高迪先生，高迪先生，我快要累死了。虽然很对不起你，但我实在太累了，让我在这里休息一下吧。我不喜欢待在这么烫的海水里，而且，怎么海水的味道越来越苦了？"

大海龟听了，忽然心生一计。

"……是啊，我也觉得这海水有一股怪味儿。从前，海水味道甘美，非常可口。可是现在，泡在海水里，身上刺痒难受。喝上一口，舌头上火辣辣的，就像玻璃碴一样难以下咽……"

"高迪先生，你总是说，快了，快了，就快到期待的大海了，我满怀希望才勉强游到这里。可是，希望总是在前面，前面……最后，什么结果都没有。对所谓的'希望'啦，美妙的大自然啦，我都要绝望了。在水族馆时，我要是再认真听听大伙儿的意见就好了。"

中鰤鱼一边喘气，一边埋怨。大海龟马上扭过头，气愤地说：

"中鰤鱼，别没大没小的，看看你都对我说了些什么？你不是对天发过誓吗？不管发生什么，不管走到哪里，你都会跟着我。你怎么这么健忘啊！你到底想如何实现诺言？我在池子里说过，我要让你看到真正的大自然。所以，我才这么拼命。你这家伙食言了，可得承担责任。"

"责任？你口口声声的责任，那是什么破玩意儿？"

中鰤鱼大声抢白道，它气得发疯，感觉身体马上就要炸开了。

"你这样说像话吗？没错，我是和你，高迪先生，

在水族馆许下诺言。可是，高迪先生，你的承诺又在哪里呢？将心比心，只有诚信的土壤，才能浇灌出诚信的花朵。虽说是回到了大自然，但这里宛如死亡之海。到处都是恶心的海草，还是水族馆里的塑料海草，更令人怀念。还有那电灯光，随时给我带来温暖。对了，你曾说过，在大海里只要张开嘴，浮游生物就会自动钻进来。可如今，钻进来的食物都是死鱼残骸。我原以为会在海底遇到很多朋友，可是除了巨型海葵和奇怪的鲨鱼，什么都没有。太可怕了！与其在自由世界饿肚子，我宁愿在水族馆里按时按顿吃饱，虽然那儿会有点不自由……"

听中鲥鱼这么讲，大海龟高迪脸上闪过复杂的表情，它耷拉着脖子，温柔的声音中充满了歉意。

"是啊，咱们都互相承诺过。中鲥鱼，我的诺言还没实现呢。你是因为肚子饿坏了，才那么任性吧。我不该马上就说那样的话伤害你。我真心给你道歉。这不是嘴上说说，我是诚心诚意的。"

高迪说话态度诚恳，它头朝前小声嘟囔着：

"那个什么，中鲥鱼，你能稍微离我近点吗？你要想走，我也不拦你，分别前我怎么也要和你说两句。在水族馆里，你经常跑到我嘴边表演空翻，现在你还能表演一下吗？"

"大海龟先生，你说什么？这是海底，不是水族馆，你有什么事情难以启齿，怕别人知道吗？请大点声吧！"

"好，好，可是我都累瘫了。大声讲话好痛苦啊，我又上了年纪，耳朵也背了。"

听到这些，中鲕鱼非常同情大海龟现在的处境。

"对不起，大海龟先生。说实话，最近你变得好可怕啊。不过，你也一样吃了不少苦头。你还背着一副大甲壳，肯定比我还辛苦。没问题，我到你嘴边去表演空翻，听你说说话。大海龟先生是我信赖的朋友，不是有人说过吗？患难时刻见真情，患难朋友才是真朋友。"

中鲕鱼嗖的一下游到大海龟嘴边，开始在水中表演起空翻。

可是，中鲕鱼刚一接近大海龟嘴边，大海龟就张开血盆大口，一口咬住了中鲕鱼的脊背。

"啊——"

中鲕鱼发出一声惨叫。它痛苦极了，吧嗒吧嗒抽

动着背鳍，拼命挣扎。可是，大海龟死死咬住中鲥鱼不放，它凝视着前方，眼珠一动不动。

中鲥鱼逐渐失去了意识，它声嘶力竭地喊道：

"……啊！！高迪，我是因为信仰自由，才来到这里。难道，这就是我追求的自由？……高迪，你嘴里的大海，我好期盼，可是……"

中鲥鱼挣扎着说完这些，断了气。大海龟高迪就像什么都没听到一样，张大嘴咬住中鲥鱼使劲往嘴里吞，一口气就把它吞进肚子里。然后，高迪伸出舌头舔舔嘴巴，它发了一会儿呆，自言自语道：

"肚子饿了吃什么都香。无奈啊，真是无可奈何。人类也是出于无奈才污染了海水吧。难道不是吗？这个弱肉强食的世界上，肚子饿了，还有什么好谈的？好久都没有吃到这么鲜美的东西啦。我演技高明吧？从水族馆开始，我的表演不断改变了自己的命运。不管大自然多么凶险，只要有这个武器，我就能轻而易举地渡过难关。"

大海龟满意地摇晃了几下身体，它不停咂巴着红红的舌头，好像还在回味刚才那久违的美味。

再一次的孤独

高迪的海洋

再一次的孤独

就这样，大海龟高迪借着北上的暖流，孤零零地踏上了寻找真正大海的旅途。

然而，它所到之处，海水的污染程度都十分严重。高迪想潜到海底深处看一看。最初，海水呈现出绿色。越往下游，海水就变得越来越蓝。之后，高迪看到了被黑暗幽闭的海底，那里没有一点阳光。接着，大海龟奋力游向阳光照耀的地方，浮出海面。就这样，日复一日，高迪继续忘我地搜寻浩瀚的大海。高迪心中的大海，沐浴在灿烂的阳光下，生机勃勃，无限美丽。它在

水族馆里，梦中经常会出现这样的情景。

一天，在黑黢黢的大海深处，那里没有一丝阳光，高迪发现无数奇怪的气泡从一个地方冒出来。大海龟使出浑身力气，渐渐靠近了那个冒泡的地方。眼前的情景令人难以置信，海底耸立着无数金字塔形状的山峰。这些大铁罐组成的山峰，高迪以前从来没有见过。而且，这些破破烂烂的铁罐杂乱无章地堆在一起，不时有散发着异臭的泡泡，发出震耳欲聋的声响，从里面飞出来。此外，还有很多微生物在金字塔山峰旁边游来游去，它们体形奇特，无比巨大。高迪不禁有些错愕，往常这些生物可是肉眼看不见的呀。

"哎哟，这都是些什么呀？那些大铁罐可不是海底原来就有的东西，就是它们把大海弄臭了！"

高迪全身一阵发抖，迅速地逃离了这个地方。快接近海面时，高迪感受到了耀眼的阳光，它下定决心，往更靠近南方的岛屿逃去。可是，那股腐臭的海水，一直裹挟在波涛汹涌的海流中，即便大海龟高迪竭尽全力，也仍然无法摆脱它的踪影。高迪梦境中的大自然，究竟在哪里呢？而且，自从高迪吞掉了中鲥鱼之后，它连一

个说话的同伴都没有了。

在这片辽阔的大海里，高迪虽然还活着，但是却没有人主动和它讲话。好不容易碰到了小鱼，可它们一看到高迪的身影，就四散奔逃了。这只来自水族馆的奇怪的大海龟，无法取得海洋居民的任何信任。大海龟想起了在水族馆的时光。在水族馆的池子里，自己一流眼泪，马上就有许多鱼儿跑过来安慰。有的小鱼跳着美丽的舞蹈给自己看，有的小鱼会热情地过来打招呼。这其中，就包括那只被它吃掉的中鲕鱼。可是现在，没有一个人会来听高迪念叨，只有死亡阴影笼罩下的海底，还有那数不清的奇形怪状的巨大浮游生物，紧紧尾随着大海龟。

大海龟寂寞难耐，一天，它感伤道：

"唉，大海里好寂寞啊！早知道这样，就不吃掉中鲕鱼了。我到底都干了些什么啊？这么凄凉的地方，墓地都比它强得多。最起码，那里还长眠着好友。中鲕鱼真的是一个可以聊天的朋友。它更是一个好朋友，总是安慰我，不断关心我，对我的好简直令人难以置信。唉，我那时是怎么啦？中鲕鱼还对我说过，再坚持一下

吧。可我为什么要欺骗它？唉，为了生存，我也是身不由己啊，中鲥鱼。"

高迪摇了好几下头，像是在说给中鲥鱼听：

"唉，中鲥鱼，为了生存，我真是迫不得已啊。当时我都快饿死了！我稀里糊涂地吃了好多人类丢弃的塑料袋，胃里都是那些破玩意儿。所以，我真是迫不得已，迫不得已啊……中鲥鱼，你应该会理解我吧。你看，我背着这么一副大甲壳，肚子当然会饿了。不过，你也快饿死了吧。不不不，还是我比你更饿，因为我身体比你大，更想活下去。所以，我才会从水族馆逃跑……然而，你也想好好活着吧。不然，你怎么会费尽周折和我一起逃离水族馆？如果没有无畏的冒险精神，你也不会这么做。唉，中鲥鱼，我真是作孽啊！对不起，对不起。"

大海龟心如刀绞，它痛苦地喘着粗气，不停向中鲥鱼道歉。

高迪一个劲儿地向遥远的南方游去。可是，所到之处，看到的都是死气沉沉的大海，海面上漂浮着冰冷的死鱼。

一天，大海龟碰到了一大群鲸。领头的鲸亲切地招呼高迪。鲸的嘴巴微微动了动，它的声音听起来有些悲伤。

"大海龟先生，你急匆匆地要去哪儿啊？你就是再着急也不需要那么赶，因为整个大海都已经被污染了。"

说完，鲸有气无力地从头顶喷出水柱。听到鲸的话，大海龟急忙说：

"即便是这样，我也觉得这片辽阔的大海还有希望。不管发生什么事情，广阔的大自然都能马上赐予我们希望。"

"别痴人说梦了！你的想法太乐观了，早晚会倒大霉。南边的海洋和北边的海洋都面目全非，不管是东西南北，你往哪里去都一样。就连我那些企鹅伙伴，就在前几天，趁着聚在一起的机会匆匆忙忙离开了南极大陆。它们性情老实憨厚，又怎么能在这个变态的大自然中生存下去啊？因为大海只有一个，海水又连成一体，大家简直就像在毒水中游泳啊。大海龟先生，你也看到了吧，大海里的浮游生物，都突然发生了变异。我们以此为食，虽然苟活到现在，可是喉咙那里长满了血红血红的瘤子，刺痛无比。没错，所有的鲸都有。"

于是，所有的鲸都一齐向空中喷出水柱，表示赞同。

"我们现在游来游去，是为了寻找一块适合我们死去的地方。地球诞生以来，像我们这样体型巨大、温文尔雅的生物，绝无仅有。作为海中之王，即便是面临灭绝的威胁，我们也要选择一个体面的地方去死。"

说完这些，领头鲸就慢慢地闭上了眼睛，面向远方，唱起了歌。它的歌声悠扬而清脆，具有很强的穿透力，在大海中四处回荡。

"大海龟先生，路上多加小心。但是，你别靠近南方的岛屿啊。因为在那里的深海处，会发生头晕目眩的大爆炸，可怕极了。"

"是吗? 太感谢了! 谢谢你能陪我说话，我很开心。"

大海龟向鲸表示感谢，鲸也像要给大海龟打气似的，一齐喷出水花。

高迪在对鲸表示衷心感谢的同时，实际上也在思考今后的旅途。一想到未来，它脸色苍白，心里凉了半截。它的脸上一直在流汗，大甲壳抖个不停，嗡嗡作响。

"唉，这是怎么了？我在人类水族馆里度过的这三十年，究竟发生什么事了？"

大海龟一想起鲸唱的歌，就打起了精神。它一边唱着歌一边继续向前游。高迪心想，鲸鱼体型过于巨大，生存困难。而自己呢，只有一副大甲壳，容易生存。于是，大海龟顺着海流，向南方出发了。

过了许久，远方出现了一个小岛的影子，可是附近连一只珊瑚虫都没有。

突然，高迪感到脖颈一阵刺痛，它看到对面有一只海鳝，正以闪电般的速度向自己扑来。高迪慌忙逃进附近一个大岩石的石缝里。

"哎哟，好险好险，差一点儿就死了！我都忘了这是在大自然，要是被海鳝咬住，马上就完蛋了。"

高迪冷汗直流，努力往岩石里边钻。可是，甲壳上不知拴着什么东西，卡在岩石上，没法顺利钻进去。海鳝在岩石周围转来转去，它伸出无数像海葵一样的触手，眼睛闪着紫色的光芒。

"吓死我了，这只海鳝的长相太可怕了！海洋中的生物，怎么都发生变异了啊？"

　　这时，海鳝的触手伸进岩石，它想找到甲壳包裹下的海龟肉。为了避开海鳝的触手，高迪只有尽力往岩石里钻，可是拴在它身上的识别牌，怎么也扯不掉。

　　"哇，救命！我快死了！我被人类做的什么东西给卡住了。"

　　高迪一边呼救，一边拼命伸出脖子去咬那个东西。终于，它用嘴咬断了吊牌。这时，它感到一阵刺痛游走在脖颈上。它用大甲壳和前肢，顶开了海鳝的触手。海鳝灰溜溜地游走了。

　　"我要爬到岸上去，大海里是不能再待了。太可怕了，我差点儿丧命。前面有个小岛，我得上去休息一下。哎呀，真是吓死我了！"

　　大海龟轻轻抚摸着红肿的脖颈，向小岛游去，爬上了岸。

一座岛屿，一个朋友

　　这个岛很大，到处都是白色的沙子。尽管椰子树遍布全岛，但高迪却从未见过这样的椰树树叶。树叶又小又黄，没有一点光泽，宛如沉浸在悲伤中的大自然，凝视着远方。

　　大海龟爬上沙滩，向一座略微鼓起的小沙丘爬去。好像有一处水洼，隐约出现在前方。高迪想横穿沙丘，爬过去看看。这时，太阳已经高高升起。

　　高迪仰视着久违了的太阳，阳光灿烂而夺目。在海风微微吹拂下，大海龟可算松了一口气，这种心情真是

太难得了。突然，高迪发现，在灼热的沙地上，到处都有和自己一样的脚印。这些脚印一直延伸到沙丘上。

"啊，原来还有很多同伴生活在这片陆地上呀。我要赶上它们，大家一起生活。毕竟，没有伙伴分忧解愁，真是太郁闷了。我已经不堪重负，眼看就要被身上这副大甲壳压垮了。"

大海龟感到一阵狂喜，拼命向往远处的沙丘爬去。然而，沙子里到处都是奇怪的骨头，时隐时现，令人毛骨悚然。登上沙丘后，大海龟高迪顿时目瞪口呆。这是怎么回事？原来，在高迪眼前，不计其数的死海龟仰面朝天地躺在沙地上。海龟的身体已化为白骨，海风嗖嗖，从空海龟壳中吹过。杂草丛生，长长的藤蔓覆盖在空空如也的龟壳上。高迪定睛一看，发现龟壳旁边有动静，这难道不是一群大海龟吗？高迪不禁大声喊道：

"喂——我是从人类的水族馆逃回来的高迪啊，我回到老家了……"

然而，没有一个人理睬它。这群大海龟只是一味地在沙子里爬来爬去。高迪马上爬过去，深情地招呼它们。可是，它们还是只顾自己，看都不看高迪一眼。

这些大海龟身体干枯如柴，眼睛发白，甲壳上布满了裂纹。

"喂，伙伴们，水在那边，不是这儿。这里到处都是沙子和岩石。"

高迪用前肢和甲壳比画着，告诉最前面的大海龟。

"谁呀，你是？我们都失明了。就在一个来月前，我们碰到了人类在进行恐怖的爆炸实验，爆炸的闪光夺走了我们的眼睛。我都遇到过七次了。往那儿去好呢？大海是回不去了，要是死的话，好歹也要先喝口水呀……"

高迪马上点了点头，它用嘴衔来草茎，让每只海龟都叼紧，把它们连在一起。然后，高迪就这样领着这十三只大海龟向水边走去。

"你真是一只善良的海龟。过去，在大海里，大家都像你一样，互相帮助。可现在，每个人都为了自己能活下去而拼命挣扎，根本没有闲工夫去考虑别人。"

领头的大海龟咕哝道。

"别多说话，再说草茎就掉下来了。"

高迪边说边继续往前走。耀眼的太阳照在沙地上，终于，它们坚持着爬到了水边。十三只大海龟一齐把头扎入水中，兴奋地甩了甩脖子，瞬间都钻进了水里。可是，由于喉咙干渴得厉害，这些喝饱水的海龟们撑得动弹不得。结果，它们很快就在水中沉了下去。水面上不断响着噗噗的冒泡声，除此之外，四周鸦雀无声。

"怎么回事? 我就这样让大家长眠于此了吗? 我都干了些什么呀? "

这时，高迪看到附近有一只中等个头的海龟，正痛苦地把头伸出水面。在高迪看到那只海龟的同时，那只海龟也一直凝视着高迪。四目相视的瞬间，高迪急忙跳进水中，用尽浑身力气把它往上推，直到上岸。这只海龟声音柔弱，它一字一顿地对高迪说:

"谢谢! 我，还以为没救了呢。只要能喝到水，其他都无所谓了。没想到，是你救了我……我的名字是洛蒂，你呢? "

"我叫高迪，是从人类的水族馆里逃出来的。"

"从人类的水族馆里? 是怎么逃出来的? "

"我要了一个花招，就是装病，然后就被顺利地放出来了。"

洛蒂伤心地问高迪：

"人类究竟是什么样的物种呀？高迪先生，请告诉我。'人类的水族馆'，只是听到这几个字，我都已经止不住泪水了。"

"你不知道人类？我可是在人类制造的观赏小屋里，足足生活了三十年啊。所以，关于人类，我很了解呢。"

"人类为什么那么聪明？天上，地上，海里，什么地方都能去，想怎么摆布其他动物就怎么摆布。"

"人类认为自己是这个世界上唯一的，而且是最为重要的物种。所以，人类根本就不会设身处地为其他动物着想。所谓人类，是一帮很奇怪的家伙。和我们海龟不同，人类虽然连一百岁都活不到，但是最后却破坏了几亿年前形成的大海。而且，我在水族馆听说，在人类世界里，既有大腹便便、饱食终日的成年富翁，也有食不果腹、以泪洗面、在沙漠中流浪的无数儿童。人类社会真是太奇怪了！你想了解水族馆的

事情吗？水族馆是所有水生动物的集中营。不管是大人还是小孩，他们看到我们就欣喜若狂。还有，他们正计划在摩天大楼顶部建设大型动物园。许多动物，比如长颈鹿、大象、蛇类等等，都会被强行带离生养它们的故乡——大自然，然后乘坐电梯被运到大厦顶端。"

"人类为什么要那样做呢？因为他们无所不能，所以才无所顾忌？"

洛蒂凝视着远方的大海，说起话来更激动了。

"高迪先生，我们眼睛都失明了，鼻子也无法分辨气味，甲壳里的身体又红又肿，长满了湿疹。"

"你眼睛是怎么看不见的？"

"该死的大爆炸！就我所知，已经发生过十次那样的大爆炸了。听我爷爷说，人类好像是为了做什么核试验，以前是在高空进行大爆炸，而现在，他们似乎在拥有美丽珊瑚礁的海底凿出深洞，进行惊天动地的大爆炸试验。爆炸的声音，啊呀，好吓人！想想我都毛骨悚然。听到巨响的同时，就会袭来恐怖的闪电，感觉把你的身体都穿透了。然后，狂风大作，波涛汹

涌，一朵巨大无比的蘑菇云，在蓝色的天空中升腾而起。"

"人类为什么要做那种事？"

"不知道。可是我看到在进行核试验的人类当中，拥有政治家、科学家、经济学家这些头衔的人们，总是在试验后，兴高采烈地和军队的人们使劲握手。我的爷爷、爸爸，还有我的所有，所有家人，全都因为核试验，被杀害了。所以，我到处寻找那些人类。我要复仇，人类也必定会遭到大自然的报复。我一直在想，什么时候能用我的小嘴，去撕咬人类的大腿，哪怕是咬一个人也好。可是现在，我的眼睛已经看不见了……"

洛蒂说着说着，凄凉地笑了。高迪一阵心酸。附近长着柔软的草，看上去能吃，它立刻找来，用嘴叼给洛蒂吃。

"不行，高迪先生，吃了这个岛上的东西，身体会烂掉的。"

看到洛蒂没有精神，高迪鼓励它说：

"我很开心。已经有好长时间了，我连一个朋友都没有。在水族馆时，总是一个人孤零零的。对了，话说回来，有很多鱼舞姿动人，它们常跳给我看。其中有一条中鲕鱼，我们关系真的很好。可是，中鲕鱼后来……"

高迪刚讲到这儿，就马上缄口不语了，它的视线投向远方。

"高迪先生，水族馆有很多食物吧。"

"是啊，有很多。人类给我们很多吃的，吃都吃不完。我脑袋撞在玻璃上受伤后，我们这些海洋动物的专属医生——兽医还给我治疗。多亏了它，我才能成功逃离水族馆。"

"兽医来给你治身上的病了？"

"对啊，不过，这次我得的可是心病，他一点儿办法都没有，哈哈哈哈哈。"

"真好，人类世界还有医生。"

"一点儿也不好，即便水族馆里有医生，我还是讨厌那里，所以才逃到大自然来了。"

"对了，高迪先生，自从发生大爆炸后，我的身体就变得很沉重。不知怎么回事，我身上就像背着很重很

重的铅块一样。不只是我，大家都是这样的。住在附近的很多螃蟹、海葵，还有天上飞的白海鸥，所有在大自然里生存的生物，全都得病了。"

高迪边听洛蒂述说，边想起了自己看到的海底。

"是啊，活着的物种也都发生了难以置信的突变。"

高迪脑海中浮现出突变的大海鳝来，想想都可怕。它脖子上被海鳝咬过的地方鼓起了一个大紫包，已经发炎了，现在还火辣辣地疼。

"我现在也是孤零零的一个人了。之前，大家互相鼓励，才活了过来。可是，其他海龟水喝得太多，都死在水池里了。我该怎么办呢？"

"你不是孤单一个人，还有我呢。"

高迪大声对洛蒂说。

"可是，我，什么都看不见呀。而且，我身体很糟，还得了怪病。"

"没事儿，还有我呢。"

"……"

"遇到你之前，我好孤独。在人造自然里面，一点都高兴不起来，可是现在我却很开心。不知道为什么，我觉得你很重要。"

"……好，高迪，我们离开这个岛吧。"

洛蒂抬头面向远方，它失明的双目好像在凝视着散落在沙地上的那些海龟壳。

"在这个岛上，伙伴们都死了。但是我却想活下去，因为遇到了你。高迪，谢谢你！"

高迪和洛蒂从布满大海龟甲壳的沙丘出发，来到了大海。然后，一路向南太平洋的方向游去。太阳照在蔚蓝的大海上，头顶吹拂着无比柔和的海风。旅途中，海龟们还能和贴着海面飞行的海鸥聊聊天。高迪心想，在浩瀚无边的大海里畅游，真是太欢乐啦！

"喂，小海鸥，你还好吧？"

听到高迪的问话，海鸥声音嘶哑地回答说：

"嘎啦嘎啦，噼——我和伙伴们嗓子都肿了，也没法在高空飞翔了。以前，我们能借助高空的气流旅行，心情别提有多好了。可是现在……"

说到这儿，海鸥悲伤地扇了扇翅膀，继续说：

"听说大气层中的臭氧层破了一个洞，每次从那个空洞下面飞过时，我们的喉咙就开始肿胀，出血化脓。天空已经消失了。好啦，大海龟先生，我们要是生活在大海里就好了。"

"你想错了，海鸥先生。我们所在的大海，已经变成一个面目全非的世界了。我们这样游来游去，就是为了找到一个能生存的地方呀。"

"大海龟先生，你们可要当心呀。东边那片大沙漠底下，现在还在连续进行大型爆炸试验呢。也不知道人类为什么这么喜欢爆炸试验。"

"不只是地下，海底也一样呢。"

洛蒂大声回答海鸥说。不久，海鸥朝西边的天空飞走了。

就这样，高迪和洛蒂继续往前游。一天，大海对面出现了一座小岛。小岛四周都是闪闪发亮的珊瑚礁，岛上有很多椰子树，枝繁叶茂。

"好了，洛蒂，我们就在这个岛上生活吧。如果这个岛上也无法生活的话，这个世界上就没有我们的容身之处了。"

"高迪，也许我的病能在这儿治好呢。"

遥远的天边，飘浮着厚厚的积雨云。云朵之间，时不时露出闪电的光芒，南太平洋的海面被照得闪闪发亮，美丽极了。在海风吹拂的山丘上，屹立着一块探出海面的巨大岩石。高迪和洛蒂，兴高采烈地在那里欣赏着大海的美景。就在那块岩石的一角，它们开始拥有了自己的二人世界。

"啊，我真是太高兴了！过去的一切就像做梦一样。在这迎来幸福的时刻，过去经历过的那些悲伤和苦涩，不知不觉中也都变成了甜美的回忆。"

在一个月光皎洁的夜晚，高迪紧紧拥抱着洛蒂，它对着失明的洛蒂窃窃私语。

"我有点重，不要紧吧？不会把你压坏吧？"

"不要紧，不管你有多重，我都感到很幸福呢。"

"我放屁很臭，这也没关系吗？"

"没关系的，我也和你一样啊。"

"太好了，快点让我们成为一体吧。我的小生命已经融入你的身体，这是我生命延续的证据啊。"

失明的洛蒂冲着高迪扬起脖子，高兴地点了点头。

柔和的月光照耀着这座小岛，白色沙滩的尽头，是一望无际的南太平洋。夜色中，波浪轻轻拍击着海岸。

"啊，高迪，我好开心。接下来会发生什么事呢？我们会有自己的孩子，孩子也会有它们自己的孩子。就这样，一直会延续下去吧。"

"海龟爸爸背着海龟儿子，海龟儿子又背着海龟孙子，呵呵呵……"

高迪愉快极了，它打着拍子开始唱歌。

"可是，我很担心呢。我怕生下来的孩子看不见，后代也是如此。它们怎么在那个可怕的大海里生存下去啊？"

"别担心啦，有我在你身边呢，不怕。"

高迪自信地慢慢扬起了脖子。

"高迪，你好重呀。"

"我不是说过我很重吗？对啦，你不是也说过不要紧吗？像我这样的大海龟肯定是有点分量的。"

于是，洛蒂温柔地点了点头，回头蹭了蹭高迪。

此后，两只海龟的生活就像梦境一般幸福。洛蒂有了身孕，肚子一天天变大，高迪也欣喜若狂。

"我要是就那样一直待在人类制造的水族馆里的话……"高迪安静地说，"只是这样假设一下，我都会吓得哆里哆嗦。在人类制造的方盒子里，怎么能生出圆滚滚的蛋来？人类的蛋一定是方形的。"

高迪的话总是会让洛蒂开怀大笑。可是，在洛蒂肚子逐渐变大的同时，洛蒂的病情也开始同步恶化了。它动不动就累了，浑身无力，经常把海水吐出来，越来越瘦。

"高迪，我这是怎么啦？我的命运也许会和父母以及兄弟姐妹不谋而合吧。"洛蒂对高迪说。它的微笑中透出几分凄凉。

高迪白天对着蓝天白云，晚上对着满天繁星，不停地祷告，祈祷上苍无论如何也要救救洛蒂。

日子就这样持续下去。一天，高迪看见远处开阔的海面上喷起了好几根水柱，一大群鲸游了过来。

"对了，那不是我之前碰到过的伙伴吗？它们说要去寻找可以死去的地方，难道它们找到这里来了？好吧，我去跟它们打个招呼。"

高迪向喷着水柱的鲸游去。

"哎呀，这不是我们的老朋友——大海龟吗？哈哈哈，很高兴见到你，大海龟先生。"

鲸以一种久违了的眼神看着高迪，开口道：

"上次遇到你时，我们在找适合死亡的地方。生活在有毒的海水中，我们的灭绝只是个时间问题。当你痛苦时，时间这东西就像利器一样，不仅折磨着我们的身体，更无情地折磨着我们的心灵。"

"纵然如此，可我看大家都很开心、很健康啊。"

"你还不知道吧？在太平洋彼岸，有一个叫作苏利耶海的地方，位于太阳轨道的正下方。那里的海底生长着一棵巨大无比的生命之树，而且这棵神树一直都在庇护着我们。我们大家，也就是说这个世界上的所有生物，都拼命游去那里，吸食大树根部、树叶、枝干的汁液。我们也是偶然路过那里，受到大树精华的滋养，才得以恢复健康。就像你看到的一样，我们嗓子一难受，就去苏利耶海治病了。"鲸一边高兴地仰望着东方那片圣土，一边对高迪说。

"你不说我还真不知道，世界上还生长着如此神奇的树木。"

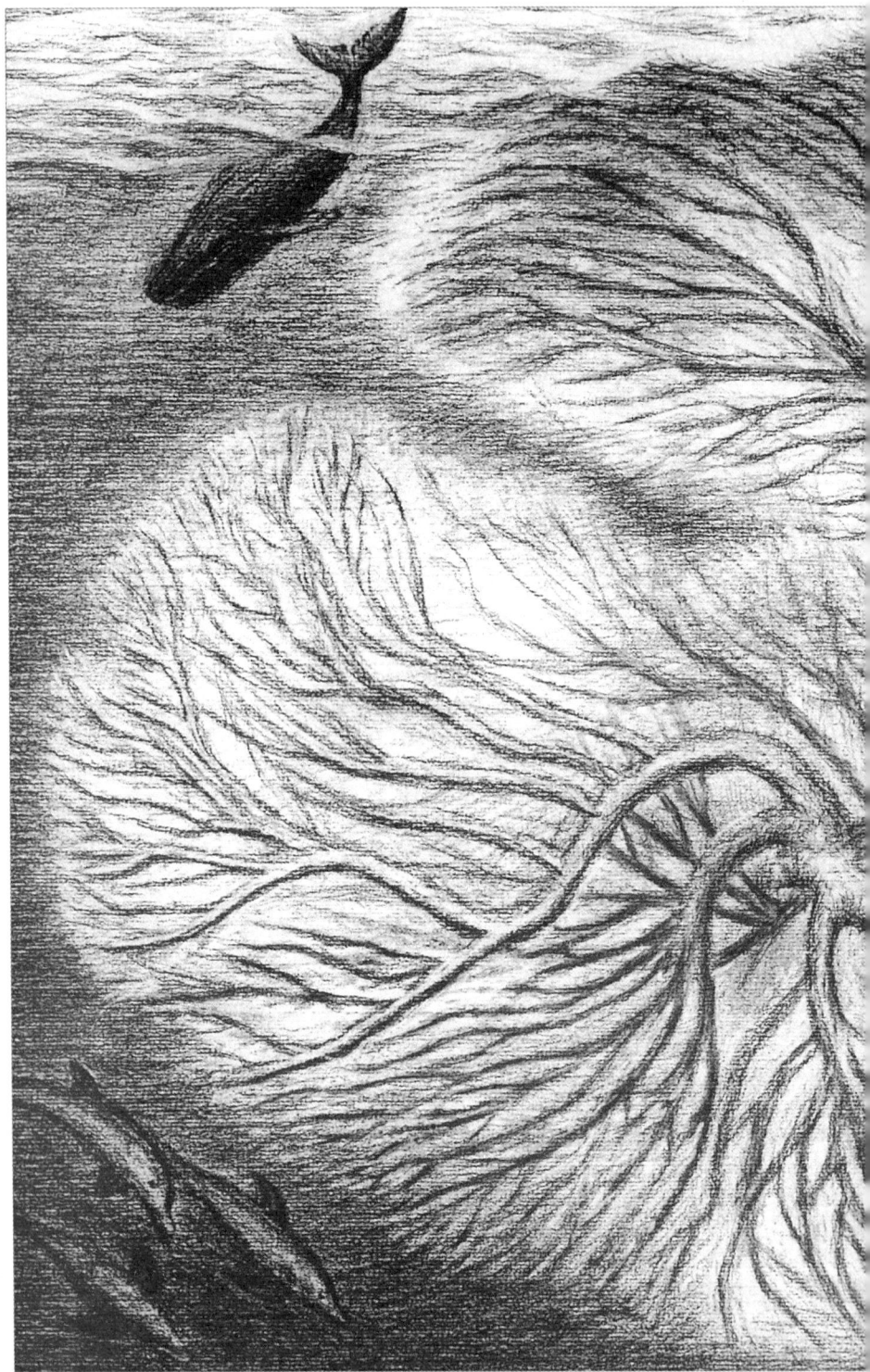

高迪向鲸打听到生命之树的详细位置，马上返回到洛蒂身边讲给它听。

"洛蒂，你的怪病或许能治了。我从鲸朋友那里听说，大洋彼岸的苏利耶海里耸立着一棵生命之树。"

"什么？生命之树？"

"是啊，我还不是特别清楚。不过，听说只要靠近那棵大树，抚摸它，吸取它的汁液，心灵和身体的疾病，都能完全治愈。鲸是这样说的……"

"可是，我不相信存在那样的树。大海里面经常有类似这样的传闻。"

"不，这个世界上，有时的确会发生不可思议的事情。我们不知道的事情，就像这大海里的沙粒一样的多。总之，我想去苏利耶海确认一下，不管那里有多远。"

洛蒂听到高迪的话，凝视着高迪，它脸上夹杂着不安和欣喜。洛蒂的肚子越来越大了，而且病情也更加严重。高迪开始准备去苏利耶海的行装。

"我很担心你，早点回来吧。如果找不到生命之树，高迪，只要你在身边，我就会感到很幸福。"

108

高迪的海洋

一座岛屿，一个朋友

洛蒂死死地盯着高迪说。

"洛蒂，我想彻底治好你的病。孩子们就要出生了，我也担心得不得了。我想让你生出健康的孩子。"

高迪说完，踏上了去苏利耶海的旅途。

生命之树在哪里

高迪的海洋

生命之树在哪里

　　高迪朝着大洋彼岸游去，它突然发现，不管是大海里还是天空中，就连海底也一样，所有的生物都一齐朝着同一个方向前进。

　　"去苏利耶海，去苏利耶海。"

　　大家喊着号子，拼命向前方行进。

　　"哎呀，真无法忍受。没想到会这么拥堵。可是，有些生物是从对面回来的，它们看起来都很高兴。而且，大家嘴里都叼着树叶一样的东西。那一定是生命之树的叶子。"

大海龟在阳光灿烂的海面上游了一会儿，它碰到了许多坐在木筏上的兔子。

"兔子们，你们怎么了？你们也有什么难处吗？"

"你看看我们的眼睛，这都是人类干的好事！人类拿我们兔子做实验，每天都会把奇怪的药物注射到我们眼睛里，看我们的红眼睛是怎么瞎的？这帮坏蛋！"

兔子说话时，怒气冲冲。

"人类为什么要这么做？"

"不知道呀。"

这时，另一只兔子说：

"人类做试验是为了生产化妆品。"

"化妆品？"

"没错，人类就是这样的家伙，他们才不管那么多呢。为了让自己的容貌变得更漂亮，不惜毁掉其他动物的相貌。"

"我在水族馆生活过，多少也了解人类。这样可怕的东西，竟然还能在地球上繁衍不息？"

高迪和兔子道别后，再次潜入海水中。

这时，一群海豚以闪电般的速度冲过来。

"喂喂，海豚们，太危险了！都像你们游这么快，海里还不乱套了？你们也体谅一下我的速度吧。"

"不好意思，大海龟先生，我实在受不了了。你看，人类在我身体里埋进了炸弹遥控装置。只要人类发出指令，我们就会对着敌人发起攻击，咚的一声爆炸。我都不知道该怎么摆脱心里的恐惧感，都快发疯了。"

海豚刚一说完，就迅速地游远了。

"哎呀，太可怜了，人类真是过分！"

高迪游出海面的时候，东面、西面、北面的天空上，飞鸟多得遮天蔽日。所有的生物，都往地球上的一个地方——苏利耶海集中。

"也不知道洛蒂现在怎么样了，再不抓紧找到生命之树的话，可能就来不及了。"

大海龟高迪抖抖身体，拼命往前游。

这时，高迪看到对面的海洋上，浮现出一个巨大的黑点。

"那是什么？海面上漂浮的那个东西。"

大海龟使出吃奶的劲儿游过去，好不容易才游到那个黑点前。原来，这是一艘运输石油的大型油轮。

"油轮怎么会在这里？人类是打算把废油渣、没法利用的煤焦油都倒进苏利耶海里吗？这帮坏蛋！我恨不得在他们脑袋上开个洞。"

大海龟气呼呼地靠近油轮，不可思议的是，各种各样的动物都在油轮上。油轮前端飘扬着一面旗子，上面写着"大自然白十字"。很多猴子穿着白衣服或白围裙，它们发出叫声，在甲板上跑来跑去。有的猴子在固定巨大桅杆的绳子上，摇来荡去。哎呀，简直是混乱极了。突然，其中一只猴子手里的香蕉掉进了大海。高迪马上叼住掉进海里的香蕉，浮出海面来。

"呀，大海龟先生，谢谢你。香蕉对我很重要，还给我吧。"

这只猴子大声说。高迪立刻带着香蕉来到油轮旁边，猴子用大型起重机放下一个袋子，高迪本想把香蕉放进袋子，可是不巧被袋子缠上了，随着香蕉一起吊上油轮。

"你太着急了，光想着香蕉，怎么把我这个大家伙也吊上来了。"

大海龟一个劲儿地苦笑。

然而，来到船上的大海龟，却看到了这样的情景：开阔的甲板上挤满了大大小小不计其数的病床，分为大、中、小三种类型。望着眼前各种各样生病的动物，大海龟感到很惭愧，因为它考虑的，仅仅是自己和自己的家人。

病床上既有自非洲的大象和鳄鱼，也有小蟋蟀。船上的每一个角落都传出各种各样痛苦的呻吟声。

"这是怎么了？我所见到的地球上的各种生物，都在这里接受治疗。难道大家都在寻找生命之树？"

"大海龟先生，你真是帮了大忙。虽然只是一根香蕉，但总能给我带来天堂般的享受。它要是掉进大海，找不回来，我就真要下地狱了。"

"不就是吃的吗？你太夸张了。"

大海龟反问道，猴子听了，大笑起来：

"哈哈哈，开个玩笑。吃的是小事，我现在的工作是怎么解决地球上这些痛苦的呻吟声。"

"正因为我们猴子不会使用语言和双手，人类才

通过语言和双手，肆无忌惮地改变着世界。大自然里有些东西是不能去挖掘的，但是人类却恣意妄为，去挖掘那些沉睡在大地和海底的宝物。人类的蛮横已经激怒了自然界的动物和植物们，人类根本不知道我们是怎么看待他们的。不过，人类中也有善良的人。原本这座油轮是用来挖出海底石油，运输人类需要的能源的。但是，为人类行为感到痛心的这些善良的人们抢走了油轮，捐给我们做动物医院。唉，我太忙了，都忙不过来了。"

猴子说完就离开了。旁边躺着的大象对大海龟说：

"喂，还没到吗？生命之树，真的存在吗？快点救救我吧。"

高迪在船上听到了各种各样的事情。突然，不知道发生了什么，苏利耶海那边的天空中，黑压压聚集在那里的鸟儿们，突然开始散开往回飞。同时，生活在苏利耶海的动物们，从海底、海面、空中，开始四处逃散。

"唷——"

刚才那只猴子尖叫着跑了过来。

"怎么回事？猴子先生。"

"你还磨蹭什么？海鸥在消息速递里说，快跑吧！人类，那些人类，马上就来了。人们要在苏利耶海海底，引爆一枚威力惊人的大个头氢弹。"

"生命之树要被破坏了！！！"

猴子一声尖叫，爬上了桅杆。顿时，其他猴子也喧闹起来。

"伙伴们，这艘船不能再往苏利耶海方向走了，现在返航。请不要惊慌。人类的核试验一般会持续三天三夜，可是……"

猴子话没说完，就哽咽起来。船虽然还是这艘船，但改变航向的一瞬间，大海龟高迪心里怒火中烧。

"洛蒂说过，对于破坏大自然的人类，哪怕是在它们腿上狠狠咬上一口也好。好吧，我也不是没有撒手锏，要让那些人类知道我的存在。地球上的生物都需要生命之树，为了大伙儿，为了干掉人类设置的炸弹，我一定要到苏利耶海去！"

大海龟下定决心，朝着远处海洋天空上飘浮着的积雨云出发了。

"可是，我和洛蒂约定，要带回生命之树的树叶。

我不回去，它会多么痛苦呀！不行，现在一定要去苏利耶海。我要给人类一个大大的教训。不行不行，我的家人才是最重要的。三天三夜后，再去苏利耶海吧……等等，高迪，你小子都在想什么呀。别，如果生命之树被炸飞了，地球上的生物们，又该靠什么生活呢？从在水族馆时起，我就总是只考虑自己。想想中鲔鱼，它和我一起逃离水族馆，可是，我从来都没有为它的人生着想过。因为大家都这样自私自利，所以人类才会为所欲为。豁出去了，我还是要去苏利耶海。洛蒂，你会理解我的，是吧？"

大海龟紧闭双眼，直接从甲板上跳进了大海里。

太阳就像巨大的火球，照耀着苏利耶海，海水泛着不可思议的神奇蓝光。人类就要在那里进行氢弹试验。高迪拼命向苏利耶海中心游去，它时而浮出水面，确认一下方向。听油轮医院里的猴子讲，大型炸弹就装在海底深处二百米的地方，那里也耸立着生命之树。高迪一路上不断撞到从那里逃出来的动物，很快，它就看到了耸立在远方的生命之树。

"哦，那就是生命之树啊！真是巨大无比。听说此树深深扎根于海底，从海中穿过天空，直达云端。啊呀，它生长在地球上，真是太壮观了！"

就在高迪快要到达苏利耶海的中心时，遍布周围的铁丝网拦住了它。

"这是什么玩意儿？我用牙就能撕破。"

高迪说完，一口咬破了铁丝网，从洞口钻了进去。

"炸弹到底在哪儿呢？"

高迪睁着眼睛仔细查看，它拼命在海里游来游去。四周寂静无声。

"连接炸弹的黑色电线到底在哪儿呢？猴子说过，只要咬断电线，人类就没办法把苏利耶海中的生命之树炸飞。总之，要尽快找到电线。"

大海龟自言自语地嘟囔着，在海底深处游来游去。这时，它看到附近有什么东西在动。

"哦？好像还有生物没有逃走。究竟是怎么回事？海里居住的生物，不可能不知道将要发生的紧急情况吧。"

大海龟咕哝着靠近一看，竟然有一百来只大大小

小的章鱼，待在海底。

"喂，章鱼。你们再不快跑，就不得了了……"

"……我们都知道。虽然知道，我们也只能听天由命。即便是逃出去，我们的身体也没救了。"

章鱼把八条腿伸到高迪面前，噘着嘴说：

"只要希望活下去，就会不断去寻找生的希望。可是，这个世界上，很难再创造出希望来了。人类到底把什么东西扔到海底了？陆地上处理不了的垃圾，在海里扔得到处都是，天天都是这样。人类认为眼不见为净，因为他们觉得大海深不可测。但是，在人类看不到的地方却发生了可怕的事情。等人类意识到会带来严重后果时，一切都无法挽回了。"

章鱼的腕足又红又肿，吸盘处已经腐烂，失去了原来的形状，看起来就像果冻一样。

"生活在海里的章鱼，大家的身体都是这个样子。我们来找生命之树治疗，到这里已经十天了。可是，在这里转着圈儿找，怎么也找不到生命之树。"

"怎么可能？刚才在远处，我还清清楚楚看到苏利耶海中耸立着的生命之树。我看到的不可能是幻影，绝对不可能！”

章鱼慢慢摇了摇头。

“不对，仅仅凭眼睛来看，也不能确信那就是事实。眼睛有这样的功能，它会把愿望变成幻觉。比如说，你肚子饿得想吃鱼时，不知不觉间，你就会觉得海藻啦，岩石啦，看起来就像海里的鱼一样。”

“还有这种事？眼睛里……我确信我眼睛里看到的东西，都是真实的。”

“最初，我们也是那样想的。我们来这里寻求生命之树，可是，怎么也找不到。也许，生命之树只不过是耸立在我们心中而已，不是吗？”

听到这些，大海龟突然撇了撇嘴。

“大家不会那么傻吧，鲸群也都康复了。别泄气！我来到这里，就是为了破坏人类装在生命之树上的炸弹。看，快看我的大牙。”

高迪笑呵呵地张开大嘴，让大家看它满口的虫牙。

“生命之树在哪里我不知道，但是人类制造的炸弹的确存在。从这里往北边走，我们章鱼大概走三百步的地方，那里好像有炸弹。”

章鱼老大伸出软绵绵的触手，指给高迪看。

"对，没错。"

"是的，我们移动时，总是拿腿的长度来丈量距离。懂了吧，离这三百步。"

大海龟高迪听了，立刻急匆匆地向北边游去。

"好，就这么办。对了，油轮上的猴子说过，那个炸弹拉出一条长长的电线，电流一通就会马上爆炸。好，我要用牙把它咬断。"

高迪更加迅猛地划动着前腿，迅速地向炸弹那边冲过去。

"可是，我咬断电线时，万一人类通上电流，会出现什么情况？我下嘴咬时，应该会很快咬断，电流可能不会马上接通。我会迅速咬断的，时间很短……可是，如果我被强大的电流击中……就见不到洛蒂了，唉，我也回不了家了。不会有事的，因为我比电流还要敏捷。洛蒂，你再忍耐忍耐，我一干完正事，就马上回家。"

高迪小声说着，它在缠满电线的海水里东张西望，四处游走。海面的正下方有一处巨大的桌面珊瑚，高迪看到有一个可怕的铁球吊在那里。它马上游过去，围着

铁球滴溜溜转了几圈。

"太好了，一定是这个。这就是人类制造的'征服自然炸弹'。都怪这家伙，在大海里、天空中、沙漠深处，到处散播疾病，可恶至极。喂，你这家伙，说句话呀！"

高迪自言自语道，它用脑袋砰砰地撞着球状炸弹。可是，黑黝黝的炸弹一言不发，只是闪着毛骨悚然的寒光。

炸弹起爆迫在眉睫。人们在基地的指挥塔，马上就要按下起爆按钮了。电流一旦接通炸弹，就会启动海里的倒计时装置，炸弹就会自动爆炸。

"天气不错呀，在南太平洋进行核试验，心情真好。像这样，再来它几次也不会感到无聊。"

"都，南太平洋的居民都搬走了么？"

"没有，还有很多居民留在岛上，好像大家集体反对试验。"

"什，你说什么？南太平洋的居民反对？开什么玩笑！这是我们的领土。三百年前，我们就发现了这个岛

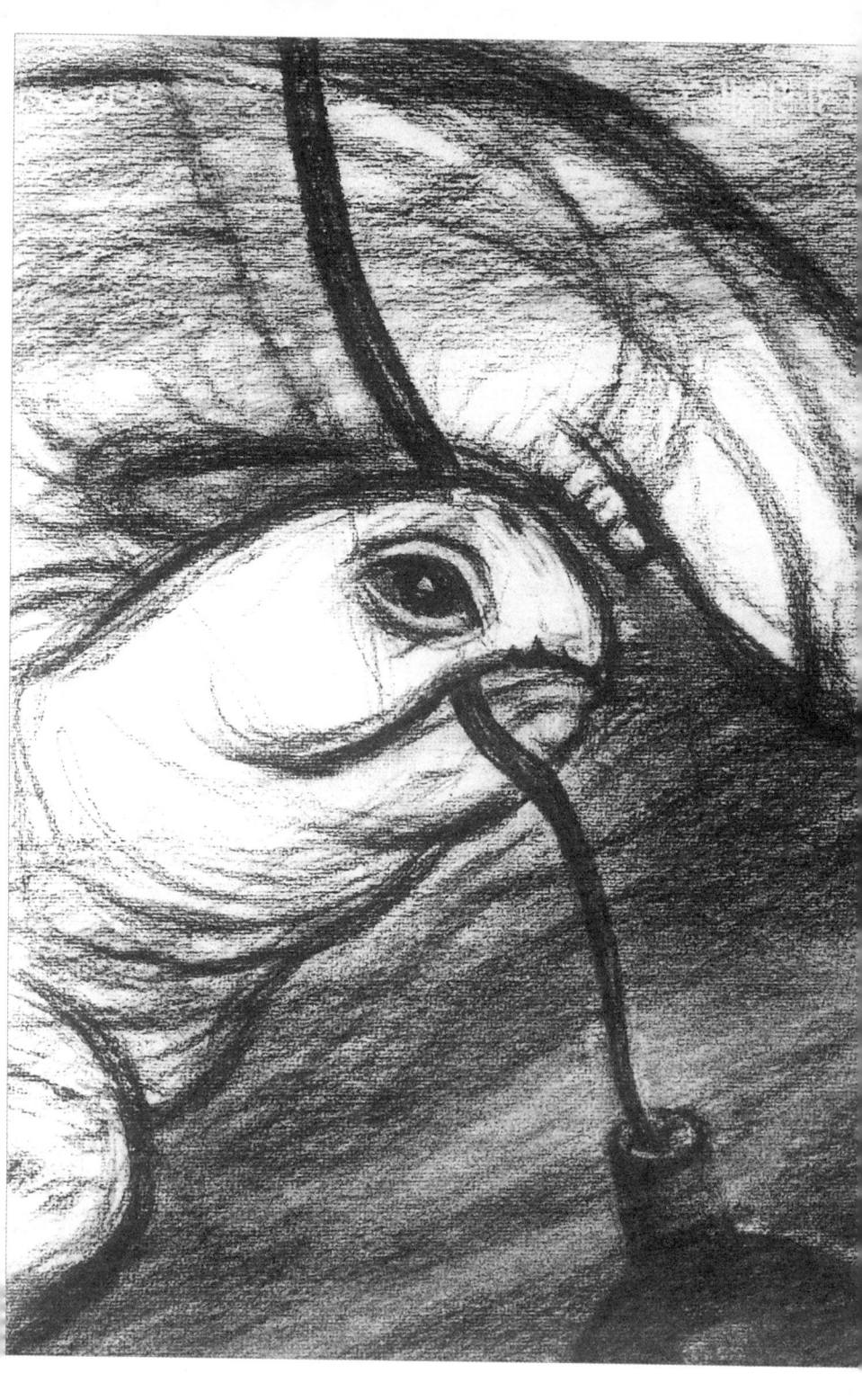

屿。这是我们自己的东西，这个珊瑚礁也完全受我们支配。而且，大海这么大，会有什么影响？我们做什么他们都不会知道，不是吗？"

"完全正确，没有人能够证明爆炸和大海之间有什么因果关系。这次爆炸结果，对于下届总统大选尤其重要。这样，二十一世纪的军事防卫计划，就完全交给我们了。喂，按钮操纵台，在外界干扰我们之前，快做好准备！快点！要是总统阁下干预就麻烦了。快点！"司令员催促道。

"是，准备完毕。我国自从在南太平洋开始试验以来，已经成功完成九千九百九十九次。这回是第一千次试验，是人类历史上一座伟大的丰碑。倒计时开始！……"

高迪并不知道人类的情况，它用牙齿咬住结实的电线。

"哎呀，怎么这么硬！"

高迪刚咬住电线，就觉得力不从心，它吃了一惊。本来，高迪认为电线最多也就是干海藻那个硬度。

"我可不会服输！好吧，让我再来一次。哦，好像我的牙齿胜利了。有什么东西哩哩啦啦掉下来了。"

然而，海中散落的，却是高迪的牙齿碎片。

"我不会认输的！我们海龟本来结实的牙齿，都是因为人类作孽，才会变成这样的。我绝不放过你们！人类这帮可恶的家伙，还我碧海，还我蓝天，还我大自然！"

高迪的牙齿已经伤痕累累，它怒吼着，使出了隐藏在大甲壳下面的所有力量。高迪的身体剧烈抖动着，一股难以置信的力量，在高迪的牙齿上迸发出来。可是，人类的倒计时还在继续。

大海的船只上以及遥远的陆地上观看试验的人们，有的喝着葡萄酒，有的吃着冰激凌。他们也在一起读秒：

"8、7、6、5、4、3、2、1……0。"

瞬间，可怕而灼热的电流接通了。

"啊——"

大海龟发出一声大叫。一股强大的电流击穿甲壳，大海龟的身体瞬间无比透明。海水中热气蒸腾。从水

族馆一起逃出来的中鲼鱼，还有洛蒂，在高迪脑海中一闪而过。高迪瞬间被烧成了焦炭。它的眼睛、嘴巴、四肢都变成了小碎片，融化在海水里。高迪的牙齿紧紧咬住了电线，焦黑的大甲壳坠在电线上。炸弹并没有爆炸，随着高迪一起沉入了深不可测的海底。

此时，洛蒂冲着它心目中的遥远的苏利耶海的方向，期盼着高迪归来。不是今晚，就是明晚吧，洛蒂心中充满了激动和不安。小宝宝马上就要出生了。在一个刮着大风、满月高悬的夜晚，洛蒂心里尤其不安。

"高迪这是怎么了？听说大家都从苏利耶海逃出来了，生命之树我是不指望了……可是高迪呢，难道它回来时迷路了吗？"

洛蒂看着苏利耶海那边，圆圆的大月亮慢慢地升上夜空。大海、天空、大地，好像在期待着什么，格外安静。月光如洗，圆圆的月亮照耀着大地。

"哎哟，好痛。"

洛蒂急忙向开阔的沙滩那边爬去。夜风吹在身上，洛蒂感觉很舒服。它一边听着波涛的声音，一边努力挖洞。虽然它没有跟任何人学过挖洞，但是在洛蒂的内心深处，回荡着大自然的天籁之音，洛蒂顽强地坚持着，它心中充满了浓浓的母爱。

终于，第一个乒乓球大小的蛋生了出来，洛蒂在欣喜和痛苦中流下了激动的泪水，它不停地喘着气。不知过了多长时间，当第九十九颗蛋最终生下来时，洛蒂已精疲力竭。月亮落下，朝阳升起时，洛蒂不停地用前腿和后脚把沙子覆盖在蛋上。洛蒂拼上性命，用完了它身上的最后一点力气。它用沙子盖好了最后一颗蛋，睁大眼睛盯着朝阳，喊了一声："高迪！"

就这样，洛蒂走向了另外一个遥远的世界，那里，有高迪在等着它。

两个月过去了，又是一个满月的夜晚，海岸的沙滩上热闹非凡，迎来了小海龟。

宝宝们出来了！九十九只海龟宝宝破壳而出，它们从妈妈的甲壳下飞快爬出来。洁白的月光下，海龟宝宝们跃动着新生命的旋律，迎着海浪，一起扑向大海。当大浪涌过来时，海龟宝宝就像树叶一样，在大海里起起伏伏。它们手忙脚乱地划着水，睁着可爱的眼睛，眼珠不停地转来转去。小海龟们开启了全新的人生之旅，苦难也好，幸福也好，都要去认真面对。

不可思议的是，这些小海龟们，像是被什么吸引一样，它们朝着高迪长眠的苏利耶海，拼命游去。

波涛中响起了歌声：

蓝天属于我呀，

碧海属于我。

大地属于我呀，

自然属于我。

真正的大自然，

应该更美丽。

天下的动物们，

一起来欢聚。

还我自然，

还我大自然。

大亀ガウディの海

Text Copyright © 1993, Tajima Shinji (田岛伸二)
illustration Copyright © 1993,Tajima Kazuko (田岛和子)
All rights reserved.

中文简体字版由山东教育出版社有限公司在中国大陆地区独家出版发行
版权代理公司: 北京百路桥咨询服务有限公司

图书在版编目（CIP）数据

高迪的海洋／（日）田岛伸二著；常晓宏译. —济南：
山东教育出版社，2019.5
（田岛伸二作品）
ISBN 978—7—5328—9858—9

Ⅰ. ①高… Ⅱ. ①田… ②常… Ⅲ. ①儿童故事—图
画故事—日本—现代 Ⅳ. ①I313.85

中国版本图书馆CIP数据核字(2017)第184331号

山东省著作权合同登记号：图字 15-2017-157

GAODI DE HAIYANG

高迪的海洋

主管单位： 山东出版传媒股份有限公司　　开本：890mm×1240mm　1/32
出版人：刘东杰　　　　　　　　　　　　印张：4.75
出版发行：山东教育出版社　　　　　　　字数：66千
地址：济南市纬一路321号　邮编:250001　版次：2019年5月第1版
电话：(0531)82092664　　　　　　　　印次：2019年5月第1次印刷
网址：www.sjs.com.cn　　　　　　　　　印数：1—5000
印刷：山东临沂新华印刷物流集团有限责任公司　定价：25.00元

（如印装质量有问题，请与印刷厂联系调换）印厂电话：0539—2925659